美少年椅子

西尾維新

目次

袋井満（ふくろいみちる）
咲口長広（さきぐちながひろ）
瞳島眉美（どうじままゆみ）
Illustration キナコ
Design Veia

美少年探偵団
足利飆太
指輪創作
双頭院学

美少年椅子

美少年探偵団団則

1、美しくあること
2、少年であること
3、探偵であること

0　まえがき

「学校の勉強なんて社会に出てからいったい何の役に立つって言うんだい？」

これは誰の名言というよりも、誰もが口にしたことがあるであろう普遍的な疑問なわけだが、しかしこの普遍的な疑問に対し、普遍的な回答が用意されているかといえば、わたしの知る限りそうでもない。

というわけでうちのメンバーにこの問いを丸投げしてみることにした。あの連中はただそれぞれに特徴を備えた美少年というだけではなく、普通に学業も優秀なA組の生徒なので、学校の勉強が社会に出てから何の役に立つのか、きっとご存知のことだろう。

「なんだその『今年は本を何冊読みましたか？』みたいな質問は。本質からずれてることこの上ねえぜ。大事なのは何冊読んだかじゃなくて、何冊理解したかだろう？」

質問に答えていない振りをしつつしっかり答えているのは、不良くんだ。確かに、何の役に立つのかを訊くのではなく、どう役立てるのかを、わたし達は訊くべきなのかもしれない――きっと不良くんの得意科目は国語だ。

　いや、美食のミチルなんだから、得意科目は家庭科か。

「ぶっちゃけ役に立つと思うけど？　学歴が高いほうが優位っていうのは、数字が示している事実じゃない」

　と、身もふたもないことを言うのは生足くんに違いない。天然な天使のようでいて、意外とリアリスティックなこの後輩の得意科目は、じゃあ数学か？

　待て待て、美脚のヒョータの得意科目は体育だったはずだ。体育会系なんだから。

「社会に出てからという部分が、私は適切ではないと考えますね。我々が通っているこの中学校も、立派な社会の一部なのですから」

　なるほど、先輩くんらしいご意見だ。立派な社会の、立派なご意見だ。ロリコンが発したとは思えない。そんな先輩くんの得意科目は社会と認定しよう。

　美声のナガヒロである以上、ここは音楽が得意と考えるべきかもしれないけれど。

「…………」

　天才児くんはやっぱり何も言ってくれない。もう付き合いも長いのにコミュニケーションがいまだに成立しないのは、寂(さび)しい限りである。ひょっとすると、専攻が英語なのかもしれない。

もっとも、美術のソーサクの得意科目が、美術でないはずがない。

と言ったところで、我らがリーダーの回答は？

「はっはっは！　将来を見据えて現在が何の役に立つのかを歴史に問うのは、なかなか美しい疑問ではあるが、僕ならこう問うだろうね！　学校の勉強が社会に出てからいったい何の役に立つのかではなく、僕が社会の役に立つためには、どう勉強すればよいのかと！」

先輩くんと似たようなことを言っているようでいて、理科ならぬ理解を専門とする美学のマナブとして、結構対照的なことを言ってくるあたり、リーダーと副リーダーと言ったところであり、下っ端としては返す言葉もない。

返す言葉もないが、こうも聞き回って、わたしひとりが無回答を貫くというわけにもいくまい。なのでこのおはなし（最近わたしが語り部を務めるこのシリーズのタイトルを『はべらせて美少年』だと勘違いしているかたがいるという。やめて）の最後に、わたしなりの答を述べさせていただくとしよう。

ところであなたは、学校の勉強は、社会に出てから何の役に立つと思いますか？

1　国語のせんせい（魹ヶ崎先生）

「むしろ沃野禁止郎(よくやきんしろう)くんは、指輪(ゆびわ)学園を内部から崩壊させる意図で送り込まれた刺客(しかく)だったのですから——あなたがたが考えているよりも事態はもっと深刻なのですよ。僕達は対立している場合ではない、瞳島(どうじま)さん。あなたには僕からのデートの誘いに応じる動機があるのです。没個性の情報を得るために、没個性の組織から学園を守るために——新生徒会長としても、美少年探偵団のメンバーとしても」

「ううん、絶対に応じないけど？」

わたしは髪飾(かみかざり)中学校の生徒会長、札槻嘘(ふだつきライ)くんからの誘いに対して、極めて丁重に失礼のないようそうお返事をして、ばっさり通話を終えた——構造的にガチャ切りこそできないものの、そのまま、可能な限り流れるような動作で、いただきものの子供ケータイの電源を切断し、生徒会室に備え付けの金庫にぽいっと放り込んだ。

ふう。

えっと、今、何してるとこだっけ？

「いいのですか？　眉美(まゆみ)会長。大事なお電話だったのでは？」

と。

通話中に生徒会室に這入(はい)ってきたとおぼしき、副会長の長縄(ながなわ)さんが、不思議そうに訊いてきたので、

「ぜんぜん？　知らない人から」

わたしは正直に答える。

正直さゆえに抜擢（ばってき）された新会長なり。正直に言うとこれは嘘だが。

「ねえ、長縄さん。美形だからってなんでもかんでも思い通りになると思ってる奴（やつ）って、ついつい理屈抜きで反抗したくならない？」

「はあ。まあ、わかります」

意外なことに、同意が得られた。

先代の生徒会長、咲口長広（さきぐちながひろ）に忠実に仕えていた四角四面で知られる副会長なので、この辺では意見に相違があるだろうと類推しつつの質問だったのだけれど、世の中、そう単純なものでもないらしい。

いずれにしても長縄さんったら、交通事故の予後は順調のようで何よりだった——彼女が（二期連続の）副会長で、わたしが（新規の）生徒会長だからと言って、同級生なのに敬語で接してくる、その融通の利かない四角四面さ（四立方かもしれない）はいずれ解決しなければならない課題だとして。

「しかし、眉美会長。もしも会長が、さように美形が嫌いだと仰（おっしゃ）るのであれば、朗報があります」

「朗報？　いいねえ。聞きたい聞きたい」

朗報なんて、『お金をあげる』の次に聞きたい。

過酷極まる選挙にどうにかこうにか当選して以来こっち、ここのところ、生徒会の引き継ぎ業務であっぷあっぷあっぷだったので、いいニュースがあるなら、わたしは聞きたくてたまらない……、そう、わたしが今聞きたいのは、他校の遊び人からのバッドニュースではないのだ。

ただ、例の交通事故の件がなければ、本来はわたしではなく彼女が生徒会長になっていたはずの長縄さんが言う『朗報』は、それこそ、わたしとは価値観を異にするものだった。

「引き継ぎ業務がおおむね片付きましたので、ここで私から眉美会長に、新生徒会の旗印となるような、新しい仕事を提案したいと思います」

「新しい仕事？」

もっと働けってこと？　このわたしに？

いろいろとやむを得ない展開だったとはいえ、とにかく指輪学園中等部の生徒達の信任を得て生徒会長になったのだから、わたしのような者でも精一杯できる限りのことはしよう！　という初心を失い、いささかうんざりした気持ちになったが、長縄さんの『提案』

は、そんなわたしをしゃきっとさせるに、十分なものだった。『美観のマユミ』を目覚めさせるに十分なものだった。

「会長は、美少年探偵団といういかがわしい組織をご存知でしょうか?」

「び、美少年探偵団⁉」

2 美少年探偵『談』

「東西東西。

「と、言うのは、尊敬すべき前会長、恐れ多くも私がながらくサポートさせていただいた咲口先輩の語り口ですけれど、我々新生徒会が目標とし、追いつき、追い越さねばならない、かの伝説の生徒会長が、無念にもやり残した仕事が、ひとつだけあります。

「いえ、ひとつだけと言うのは大袈裟(おおげさ)かもしれませんが、あの人をして、明確に成果をあげられなかった仕事があるのです……、それが、美少年探偵団なる、謎(なぞ)の組織の壊滅なのです。

「壊滅どころか、その組織の実在さえ立証できなかったと言うのですから、前会長の心残りと言えば、およそ並々ならぬものがあったことでしょう。

「彼を支えた副会長として、察するにあまりあります。

「私自身不甲斐ない思いで満たされていました。

「なので、もしも私が咲口先輩のあとを継いでいたなら、真っ先に率先して取り組もうと思っていた案件が、不適切な美少年探偵団に対する、適切な対処だったのです。

「おや、どうしました、眉美会長。

「顔色がかんばしくありませんが……、いえ、わかります、わかりますとも。

「いきなりこんなことを言われても、戸惑うばかりですよね。

「ご安心ください、私は会長を不安にさせる副会長ではございません。きちんと順を追って、説明させていただきますので――美少年探偵団。

「それでも噂くらいは聞いたことがあるんじゃないでしょうか……、まるで『学校七不思議』のように語られる組織ではありますし、どうやら最近に端を発した都市伝説ならぬ学園伝説でもなさそうですので。

「私が独自に調査した結果、少なくともその結社の発足は、三年以上前のことになるようです――なにぶんふざけた組織のようで、その実態はまさしくあやふやという他ないのですが。

「校内のトラブル全般を解決する、非公式非公開非営利の自治組織を謳っている――なんて話もありますが、その実、校内のトラブルの、ほとんどすべての元凶。

「『走れメロス』の王よりも邪知暴虐だと言われています。

「もちろん、正当な手続きにのっとり認められた部活動やサークル活動というわけではありません、構成するメンバーや規模さえ不明というありようです――いやはや、ルールを無視するその振る舞いに、この長縄、メロスよりも激怒しますよ。

「ワオキツネザルよりもワオ！と言ったところです。

「もっとも、彼ら――便宜上『彼ら』と呼称しますが、美少年探偵団だからと言って、男子しか所属していないとは限らないという叙述トリックが仕掛けられている可能性も否定できません――にも、彼らなりのルールはあるようです。

「イリーガルな存在とて、法律ならぬ法則からは自由になれないというだけのことだとは思いますが、団則というものがあるそうですね。

「失笑を禁じ得ませんが、紹介しましょう。紹介しないわけにも参りませんのでね。

「1、美しくあること。

「2、少年であること。

「3、探偵であること。

「そんな御託を滔々と並べているそうですよ。まったく、言いも言ったりとはこのことです。生徒会執行部のお株を奪おうとするその態度には、失笑どころか怒りを禁じ得ませんが、ともあれ、自治組織を気取る彼らの存在は、まことしやかに語られ続けているのです。

「この指輪学園中等部においてす。

「生徒会執行部をさておいて。

「はい、もちろん証拠はありません。彼らが、そしてそんないかがわしい組織が実在するという確たる証拠も、確たる証言もありません……、ふざけた話なのですが、『探偵であること』を旨としながら、守秘義務が課されるのは探偵サイドではなく依頼人サイドであるようで、関わったとされる生徒の口の重さと言ったら、まるで地球のごとしです。

「どうやら人心掌握にも長けているようですね。

「それとも、暴力的に脅しているのでしょうか。

「噂レベルではともかく、彼らの実態については、誰も語ろうとしないのです……、それゆえに、偉大なる先代の生徒会長さえ、具体的な対策を立てることができず、不穏当な組織の存在を、むざむざ放置するしかなかったのです。

「引き継ぎ業務に含まれていなかったのは、そんな虚実入り混じった組織の存在が、虚であれ実であれ、学園側に知られてしまうと、これから新生徒会がおこなわねばならないカリキュラムの折衝に支障をきたしかねないからという事情がありました。

「自立と自律を重んじ、全校生徒の自治権を保障することを最大のマニフェストとしてきた前会長にとっては、苦渋の決断だったに違いありません……、決断どころか、文字通り断腸の思いだったことでしょう。学園の生徒内に、ほんの一部とは言え、そのような不穏分子が含まれている可能性が俎上に上がってしまうと、それは職員室や理事会に付け込まれる隙になりかねませんでしたからね。

「『美少年探偵団？　そんな怪しげな組織をむざむざ放置しているようであれば、生徒達には自浄能力がないと判断せざるを得ない』と言われたとき、残念ながら反論ができませんでした。

「ただでさえ我が校には、『番長』と呼ばれる不良生徒の勢力も存在しますので、その現実的な脅威への対応に、まずは戦力を投入せねばならないという差し迫った事情もありました。

「もっとも、その『番長』がいてくれるから、髪飾中学校との下品な縄張り争いに屈さずに済んでいるという事情もありますので、その辺りの政治的課題も、いずれは新たなる世代である私達が解決しなければならないものでしょうけれど、まあお見舞いに来てくれたときのことを思えば、その課題はひとまず棚上げにすることもできましょう……、ただ、眉美会長。

「だからこそ、この長縄は提案したいのです。

「この長縄だからこその提案です。

「前会長の正当なる後継者であらせられる眉美会長だからこそ、引き継ぎを終えたここからは、厳しい目にさらされることになります——一挙手一投足が、偉大なる前会長と比較されることになります。

「何事につけあのハイレベルを求められるプレッシャー。

「わかります、わかりますとも。

「本当だったら私が背負うべき重圧を、私自身のみっともない不注意から眉美会長に肩代わりしていただいたことを、心苦しく思っておりますが、だからこそ、このプランを、まずは執行すべきだと上申させていただきたいのです。

「旗印。

「マニフェスト。

「前会長が成し得なかった課題を解決するさまを示すことで、決して縮小再生産ではなく、まして名ばかりの傀儡（かいらい）生徒会でもない、ここから新たなる伝説を作る生徒会長であることを、あなたは満堂に示すことができるのです！」

3　美少年探偵『断』

さすが元々、先代の生徒会長、三代連続で生徒会長を務めた咲口長広先輩が手取り足取り後継者として育てていただけあって、なかなか堂に入った演説だったが、しかしわたしとしては、ひたすら感心して聞き惚れているわけにもいかなかった。

「へ、へえ～～～。なるほどなあ～～～。ふ～～～ん」

と、あやふやに頷きながらその場その場を凌いでいたものの、心臓はばくばく言いまくっていた。ばくばくばくばくばくばくばく言いまくっていた。

雪女と称される二年A組の淑女が、意外と熱かったことにも驚いていたけれど、まあそれはいい——付き合ってみると新たなる一面が知れるということは、そんなに悪いことじゃない。

副会長を二つ返事で引き受けてくれたときには、ひょっとしたらその位置から、頼りない代理立候補者だったわたしのことを、それこそ傀儡政権にして、裏から巧みに操るつもりなんじゃないかと邪推したものだったけれど、そんなゲスの勘繰りが恥ずかしくなるくらい、実直にわたしを立てようとアイディアを出してくれたことも、素直に嬉しく思う

――いや実際、長縄さんが率先してスカウティングに動いてくれていなければ、わたしなどの人望では、生徒会役員を揃えることさえできなかっただろう。

ただ。

「び、びび、びびび、美少年探偵団――ねえ？」

ねずみ男みたいな効果音を発しつつ、わたしは平静を保とうとする――椅子に深く座り直して、まだプレゼンの熱も冷めやらぬ長縄さんに向かいあう。

「ちょおっと聞いたことがないなあ……、本当にそんな奴ら、いるのかなあ？　そんな鼻につく奴ら……、女子に毒物を飲ませたり女子にタックルをかましたり女子に腹パンをしてきたり女子をお風呂に連れ込んだり女子を屋上から突き落としたりしようとする連中が、この平和な学園にいるなんて、とても思えないけれど」

「とても思えないにしては、やけにたとえが具体的ですが……」

眉を顰める長縄さん。柳眉だね。

生真面目なエリートさん的には、特に『腹パン』が衝撃的な単語だったらしい――まあ実際は、ボイストレーニングのための腹筋トレーニングのことなのだけれど。

「よ、要はそういう風説を断とうってことだよね？　び、美少年？　美少年探偵族？　だっけ？　そんな変でダサダサの連中なんて、この学園には存在しないってことを、立証すればいいってことだよね？」

「最終的にはそれでも構わないのですが、しかし証拠がつかめていないだけで、彼らが実在する可能性は、99パーセント、確実だと思われます」

漫画みたいな可能性を提示してきたな。

百パーセント存在することを知ってしまっている身としては、そう突っ込むことも憚られるが。

「誰の目にもわかりやすい成果を、なるだけ早く上げたい我々、新生徒会の事情をさっぴいても、一刻も早く対処すべき情報も入ってきているのです……、最近になって流布され始めた、美少年探偵団の構成員についての情報は、およそ聞き捨てならないものがあるのです」

「こ、構成員についての情報？」

身が竦む。

この子、わたしを泳がしているんじゃないでしょうね？

眼鏡の奥のわたしの目はとっくに泳いでいるぞ。

「ええ」

頷く長縄さん——うがった見方をすれば、その切れ長の綺麗な目は、わたしの反応を観察しているようにも。

まったく、『美観のマユミ』が観察されていちゃあ、世話がないぜ。

「先述の通り、証言者は一様に口が堅いのですが、それでも細い糸をたぐるように情報を収集してみると、なんでも放課後に放火をおこなう、『炎の魔術師』と呼ばれるメンバーがいるとかいないとか……」

「………」

それは家庭用のコンロではおよそありえない火力を使用してクッキングをおこなっている家庭的なメンバーのことだろうか。

「口にするだけでも破廉恥ですが、後ろから駆け寄り、女子のスカートを脱がせることを生業(なりわい)とする言語道断のメンバーも、いるとかいないとか……」

「………」

スカートを脱がせるのとは真逆で、すべての女子に自発的に黒ストを穿(は)かせた美脚の持ち主のメンバーになら心当たりがあった——破廉恥な生業と言うか、破廉恥な生足と言うべきメンバーでよければ。

「許されざることに、ロリコンもいると聞きました」

あ、それはいます。

「単なる生徒内の問題で収まっているうちはまだしもなのですが、なんと一部のメンバーは、指輪学園の母体である指輪財団の中枢に食い込もうと算段しているなどという、途方もない風聞もありまして――」

食い込もうと算段しているも何も、その子、元から指輪財団の御曹司です。

ヘリとか持ってます（わたしが売り払った）。

「いずれにしても、中等部だけの問題で済んでいないらしい傾向は見受けられます――つまり、そののっぴきならない毒牙が、初等部にまで広がっている可能性も、否定しきれません」

リーダーが初等部です。探偵団のボスは小五郎（小学五年生）です。

「そ、それだけかな？　あ、あとひとり、愛らしい新入りのメンバーがいるなんて噂は、まさかあったりしないよね？」

「さすが、察しがよくていらっしゃる。美少年探偵団は現在、クズ中のクズが仕切っているそうです……、だからこそ、危険度が急速に増したと言われております」

クズ中のクズって。

美少年探偵団の新メンバーがそんな評価を受けていることもショッキングだったけれど、クズ中のクズが主犯みたいな扱いになっていることに、わたしは衝撃を隠し切れなかった。

「……えっと」

て言うか、いや、そりゃそうなんだろうけれど。

結構きわきわの噂、出回っちゃってるね……。

今のところ、まだ真実に寄り添っているとまでは言えないけれども、それでもかなり肉薄していると言ってもいい——このままだと時間の問題感が半端じゃない。

いや、単にまだ部下として、上司に報告する段階ではないから言っていないだけの情報も、長縄さんの胸の中にはわんさかあるのだと思われる……、まあ、だからこそ、ここを好機に、前生徒会長時代に成し得なかった仕事を達成しようと、長縄さんは動こうとしているのだろうけれど……、ううん。

そうか。

ここのところ、派手に動き過ぎたから、いよいよ美少年探偵団の存在が、外部に隠し切れなくなっているのか——ここのところって言うか、主にわたしが加入してからということになるのだろう。

特に、この選挙期間は、活動が顕著だった。

気まぐれ感が強く、その飽きっぽさもあいまって、単発的に動くことが多い美少年探偵団が、比較的長期間にわたって、陰に陽に活動したあの選挙戦は、どうしてもわたし達の防御力を下げていた——機密性よりも優先すべきことの深刻性から、そうしなければならなかったとは言え。

依頼人の側に守秘義務があると言っても、人の口に戸は立てられないし、だいたい、その守秘義務にしたって、法的強制力とかじゃなく、『あんな馬鹿げたスケールの連中のことを、おおっぴらに口にしたら正気を疑われる』という世間体に基づいて成立しているものであり、一旦堰を切れば、怒濤のごとく、探偵団の個人情報は流出するだろう。

個人と言うか、団と言うか。

元々、その名称からもわかるように、自己主張の強い集団なので、隠そう、隠れようというような、隠蔽体質とは縁遠い組織だというのもあるのだ……、ここまでその実在が明らかになっていなかったのは、たまたまの側面も強かろう。

否。そうではない。

これまであまりそういう風に考えたことはなかったけれど、しかし今の長縄さんの話を聞いてみれば明らかだ——前会長がやり残した仕事、だからこそ新生徒会の最初の仕事としてやる意味があるというようなことを長縄さんは言ったが、そうではない。

やり残したわけではなく。

前生徒会長、咲口長広はやろうとしなかったのだ——なぜなら、その咲口長広こそが、美少年探偵団の構成員だったのだから。

トップが内通者だった。

生徒会長の彼は、美少年探偵団においては、副団長の立場であり、だからこそ、生徒会執行部として、美少年探偵団を『保護』することができていた——個人情報の保護である。

むしろ証拠や証言を積極的に握り潰していただろう。

思えば生徒会側からすると酷い腐敗だ。

そうやって三年間、組織の存在を巧みに隠匿してきた——長縄さんや他の役員、あるいは学園側の手前、まるで取り組んでいなかったわけではなくとも、その辺は十中八九マッチポンプだったのだろう。

ここに来て美少年探偵団の情報があらわになりつつあるのは、活動の活発もさることながら、その咲口長広——わたしが呼ぶところのロリコン先輩、じゃなくて先輩くんが、権力のある立場からご勇退なさったから、というのが最大の要因に違いない。

しまった。

その点を引き継ぎ損ねていた。

真っ当な生徒会長としての業務ばかりに四苦八苦して、ふざけた美少年探偵団の構成員としての自覚が、わたしに不足していた——誰のおかげで当選できたかを忘れたのかと糾弾されても致し方ない、取り返しのつかないような不覚だった。

わたしは『美観のマユミ』でありながら。

目の前のことしか見えていなかった。

「仮に——だけど」

わたしはおずおずと、優秀なサポート役に質問する。

「もしもそんなとち狂った野郎どもを、優秀で物知りなわたし達が特定することができたとして……、その後、その許しがたいアホ達には、どういった処分が下されると思う？」

「間違いなく全員退学ですね。自ら美少年を名乗るような不埒（ふらち）な連中には、例外なく路頭に迷っていただきましょう」

こわっ。

どんな私怨（しえん）が混じっているんだ。

美形が嫌いだというわたしの嗜好（しこう）に賛同してくれた長縄さんだったけれど、その点においては、わたし達はもっと深く意気投合できるのかもしれなかった——いやはや、莫逆の友になれそうなのに。

こんな形で出会いたくなかったよ、長縄さん。

非常に不本意ながら、前会長の正当なる後継者として生徒会長になったわたしは、腹立たしい美少年達を、守らねばならない立場なのだった——立場と言うか。

そういう椅子に座っている。

……て言うか、もっとシンプルに、わたしもまた、そのいかがわしい組織のメンバーだということが露見すれば（聡明なる副会長の予想通り、美少年探偵団の構成員の中には、男装の女子もいる）、長縄さんはその事実を、何をおいても断罪すべき裏切り行為と捉えることだろう。

路頭に迷わされる。

わたしのようなクズ中のクズに対しても、ここまで献身的によく尽くしてくれている副会長から、背信者呼ばわりされるのは避けたい事態だった……、前会長は、よくもこんなジレンマな立ち位置に、ふてぶてしくも一年以上いられたものである。

ロリコンだから幼女以外に嘘をつくことに、抵抗はなかったのかもしれない。抵抗のないロリコンか。不穏な響きしかないぜ。

まあ、とまれかくまれ、今からでも遅くはあるまい。

ボイストレーニングと共に、誤魔化しかたのレクチャーを、今度受けさせてもらおう

──『美声のナガヒロ』のいい声だから誤魔化せていたところはあるにしても、そのノウハウは使えるはずだ。

さしあたっては、一応この場では、副会長からのありがたい提案を採用する振りをして、『前向きに検討します。善処善処』なんて引き取っておいて、時間を稼いでいる間に、対策を練るとしよう。

こすい計算ならクズに任せろ。

ええと、まずはこのあと、美術室に行って……。

「美術室」

と──そこで。

副会長は先の尖った刃物のような単語を提出してきた。

さすが有能なブレーンは、提案をするときには、既に実効性のある具体的なプランまで練り上げていた。

「善は急げです、眉美会長。今すぐ、美術室に行きましょう──私が独自にデータマイニングするところ、問題の美少年探偵団は、どうやら現在、授業には使用されていない特別教室のひとつである美術室をアジトに、活動しているそうなのです。これより急襲をかけ、叩き潰しましょう！」

その情熱。
過去に美少年と何があったの、長縄さん。

4　メンバー紹介

期せずして生徒会執行部は、美少年探偵団に対する急襲部隊と化してしまったけれど、移動中の時間を利用して、ここで副会長がプレゼンしてくれた虚実入り混じる構成員情報に、もう少し真実味を加味しておこう。

『美食のミチル』。

二年A組の袋井満(ふくろいみちる)くんである——つまり長縄さんのクラスメイトであり、彼女の入院中に、わたしと一緒にお見舞いに行ったりしている。先程話題に出た『番長』もまた彼のことで、指輪学園では珍しい、時代の遺物とも言うべき不良(っぽい)生徒なのだけれど、その実、料理を趣味とするグルメである。

咲口長広率いる生徒会とは対立的だったのだけれど、その対立も、今から思えば美少年探偵団の存在を隠す、絶好のカムフラージュとなっていたのかもしれない……、それはわざとじゃなくて、普通にマジで仲が悪いだけなんだけれど。

で、その咲口長広先輩。先輩くん。ナガヒロリコン。

『美声のナガヒロ』の異名を取る演説家であり、美少年探偵団の知恵袋である——本音を言うと、今の今まで、生徒会長との二足のわらじが、そこまで美少年探偵団に寄与していたとは思わなかった。

まあ、入学直後の演説により、一年生のときから生徒会長を務めていた彼なので、理屈の上では、美少年探偵団に入団するよりも先に、生徒会長になっていたことになるのだろうか？

その辺の事情も聞いてみたい——美少年探偵団がここで壊滅させられなければ。

体力班としての『美脚のヒョータ』こと、生足くん。

正直、本名は忘れた。あまりに生足くんと呼び過ぎて。

天使長と呼ばれる陸上部の一年生エースである——その美脚をひけらかすように、一年中改造制服の半ズボンで通しているので、なんだろう、彼に限っては、美少年探偵団に属しているかどうかなんて関係なく、普通に処分されかねない危険性がある。

御曹司について語ると、『美術のソーサク』。

指輪財団の直系、一年A組、指輪創作くん——本来ならばわたしのような民衆は、影も踏めないような殿上人なのだが、どういう経緯があったのか、美少年探偵団の美術班として活動している。

下々のわたしとは基本的に口を利いてくれないけれど、どうやらわたしのことを絵の具や石材と同じような、美術の素材として評価してくれているようで、わたしを初めて男装させてくれたのも（させてくれたのも？）、かの寡黙なアーティストだった。

そして我らがリーダー、双頭院学。

『美学のマナブ』――小学五年生の小五郎くん。

指輪学園中等部をそれぞれに代表する、錚々たる面子を取りまとめているのが、初等部の生徒だというのは、わたしも未だに驚きを禁じ得ない事態なのだが、事実として彼に対するメンバーの忠誠心は並々ならぬものがあり、わたしが迂闊にリーダーを子供扱いすると、食事抜きの刑にあったり、いい声で罵倒されたり、美脚で首を絞められたり、ヌードを描かれたりする。

『あいにく僕には学がなくてね――僕にあるのは美学だけさ』

という決め台詞に象徴されるように、探偵団のリーダーでありながら、推理らしいことは一切しない困った傾向があるのだが、ただまあ、そんな彼にわたしが救われたことは間違いなく。

美学はともかく、チームをまとめるリーダーとして学ぶべきところは大きい……、てんやわんやの末に生徒会長となった今、わたしもある種のリーダーなので、その心得みたいなものを教えてもらおうと企んでいたのだけれど、このままだと、その機会を得ることができないかもしれない。

で、そのわたしなんだけど。

かつて校舎の屋上で、夜空を眺めることだけを生き甲斐にしていたわたしが入団した経緯は別に譲るとして（『美少年探偵団　きみだけに光かがやく暗黒星』参照。そうだ。そろそろお気付きかもしれないが、わたしはこんな風に括弧でくくって、過去作のタイトルを挿入するのが好きだ）、ともかく、生まれつき特殊な視力を持つわたしは、『美観のマユミ』としてメンバー登録されている。

ただ、このままだと、色々ありつつも、まずは大恩ある美少年探偵団、今となっては少なからず帰属意識もある組織を、わたしはじきじきにこの手で、この目で叩き潰すことになりかねなかった——はてさて、どうしたものやら。

5　緊急避難——そして

「あれ？　おかしいですね、私の調査によれば、美少年探偵団のアジトは、美術室で間違いないはずなのですが……」

先行するように突入班のごとく扉を開けて、その特別教室の中に誰もいないのを目視し、長縄さんは不審そうに眉を顰めた――わたしはその背後で、「あっれー？　おかしいねえー」などと、調子を合わせる。

「まあまあ、誰にだって間違いはあるよ、長縄さん。絶対に確実だって思い込んでいるときこそ、そういうことはよくあるんだから、あまり考えず、こういうときは全部すっぱり忘れて、まったく違うことを始めるのがいいと思うよ。たとえば我が校の階段が、合計何段あるかを数えるというのはどうかしら。そうやって時間を稼ぎ、もとい、時間を有効に活用――」

「眉美会長！　なんとお優しい！」

振り向きざまに副会長が抱き着いてきた。

スーパーハグである。ただでさえ男装用のサラシでふくよかな丸みをぎゅうぎゅうに締め付けてあるわたしの胴体が、へし折られるんじゃないかというくらいに熱烈な抱き着きだった。

長縄さんはマジで涙ぐんでいた。

「あ、あの、長縄さん？」

「私の失態を、そうも寛容に許していただけるなんて！　あなたこそ、わたくしめが命を賭して仕えるべき新たなあるじであると、今、改めて確信いたしました！」

　わたくしめって言った？　今？　この時代に？

　現代の日本では死語に分類される一人称じゃないの、それ？

　付き合いが深くなるにつれ、新たな一面が知れるというのは、確かに人付き合いの醍醐味なのかもしれなかったが、ちょっと怖気づくくらいの、エリートさんの秘された一面に、わたしの足元は、生まれたての小鹿のようにがくがく震え始めていた……、死にかけの小鹿かな？　なにせ、すべてがバレた場合の、この忠誠心の揺り返しを、恐れないわけにはいかないからだ。

　今もわたしは、現在進行形でこの副会長を騙しているのだし。

と言うのも、実はこの特別教室は美術室ではないのである——今すぐ噂の地下組織を壊滅させましょうと勇み足気味に意気込む長縄さんを抑制するのはとても不可能だと判断したわたしは、咄嗟に、

「ええそうね！　そんな連中がのさばることを、新会長としてわたしは、一秒だって許せないわ！　この学園に、美形が歩ける廊下はないということを、思い知らせてあげましょう！」

と、ノリノリを装って（ここぞとばかりに普段の鬱憤を晴らそうという気持ちがまったく入っていないお芝居だとは言わない）、むしろ長縄さんよりも先に、駆け出すように生徒会室を出た——彼女を先導するために。

先導と言うか。

誤導するために。

そして美術室ではなく、音楽室に長縄さんを連れ込むことに成功したのだった——なにせ伝統のある学園なので、不要に華美な、つまり合理性のない構造になっている複数の校舎を渡り歩くようにして、練り歩くようにして、わざと道に迷うような真似は『美観のマユミ』にとっては、そんなに難しいことではないのだ。

透視したり鳥瞰したりの、視力の悪用である。

音楽室。

合唱コンクールの際、前会長にして副団長、『美声のナガヒロ』からボイストレーニングを受けた特別教室を、こうして利用することになるなんて、あのときは思いもしなかったけれど……、いやはや、どんな経験がどう伏線として回収されるかなんて、わからないものである。

音楽室と美術室じゃあ、その性質が違い過ぎて、誤導することなんてできないんじゃないかとご心配かもしれないけれど、そこは指輪学園の抱える特殊事情が、皮肉にもわたしを、そして違法集団・美少年探偵団を救ってくれたと言っていい。

学園側は現在――と言うか、結構前から、カリキュラムのスリム化を望んでいて、美術や音楽という、いわゆる芸術系の科目を時間割から削ることに躍起であり、その結果（その成果？）、美術室も音楽室も、使用されなくなって久しいのだ――だから勝手に探偵団の事務所としたり、ボイストレーニングをおこなったりすることが可能である。

そんな無法が今現在の大課題であることは否みようもないけれど、ともあれ誰もいない以上に、楽器どころか椅子さえも撤去された音楽室からは、およそ音楽室らしさは消えているのである。

ただのがらーんとした教室……、だだっぴろい空間でしかない。

見様によっては、犯罪組織が撤収したあとのアジトと見えなくもないので、長縄さんの失意は、それゆえに大きいのかもしれない――だとすると、その推測に乗っかっておくのも悪くない。

「に、逃がしちゃったのかもしれないね。そう、わたし達が抜き打ちで調査に来ることを察した悪辣な組織が、風刺を利かせながら……、だとすると、下手な調査は逆効果になりかねないということが、ここに立証されたと言ってもいいのかもしれない。これは美少年探偵団には下手に手を出さないほうがいいという教訓なのかも……」

「そうですね！　お説の通り、次はもっとうまくやる必要がありそうです！　万全に万全を尽くしての策定のつもりでしたが、この長縄、まだまだお姉さまへの思慮が足りませんでした！」

お姉さまって言った？　同級生のわたしに？

あと、感極まって抱き着くのはいいけれど、顔近過ぎない？

もうほぼ頬ずりをしていると言ってもいいくらいなんだけど？

二年生随一のクールビューティーと称される長縄さんに、この距離（ゼロ距離）で接されることは、ある種光栄でもあり、彼女とわたしの偏差値差を考慮に入れれば恐れ多くさえあるのだけれど、逆にクールビューティーのほうは、わたしのような駄目あるじに仕えるという倒錯したプレイを楽しんでいるのではないかとさえ思えた。

人間、何からでも楽しみを見いだせるものだ。

「どんな罰でも受けます、この償いは必ず！　しかしどうかわたくしめに、名誉挽回の機会をいただきたく！　連中が私達の動きを受けてここから急遽逃げたというのであれば、始末しきれなかった手がかりが、必ず残っているはずです！」

残っていないと思うなあ。

残っているとすれば、わたしが先輩くんから腹パンされ続けていた痕跡（こんせき）くらいのものだろう……、まあ、わたしが吐（は）いた血反吐（ちへど）をDNA鑑定されてしまえば、個人が特定されてしまいかねないから、あまり漫然ともしていられないけれど。

事実、この勢いではDNA鑑定くらいしかねない。

何にせよ、ようやくわたしから離れた長縄さんが（離れる際、彼女の唇（くちびる）が偶然、わたしのまつげに触れた——すげーどきどきした。たぶんわたしが男装の女子でなくてもどきどきしたはず）、音楽室の調査を開始した。

シャーロック・ホームズよろしく、這うようにしてがらんどうの特別教室内を調査する——こう言っちゃあなんだけれど、わたしの知る探偵団よりもよっぽど探偵らしい動向の生徒会副会長である。

「ふむ。不思議な教室ですね。どうして床は板張りではなく、分厚いカーペットが敷かれているのでしょう？」

防音のためだと思います。

「あれじゃないかしら。きっと、美少年探偵団の連中が、勝手に改造したのよ」

「ありえますね。さすが眉美会長、ご明察でございます」

ご明察なんじゃなくって、本当の美術室の床には、分厚いカーペットどころか、ふかふかの絨毯が敷かれていることを知っているだけである。

ご明察どころかご迷惑だ。

「む。カーペットの、ここのところに深いくぼみがあります。かなり重量のある物体を、ここに置いていたと推理できますね。ひょっとして、違法に稼いだ汚金を溜めこんでいた、金庫……？」

「か、かもね」

ピアノのあとだと思うよ。

長縄さんの中で、美少年探偵団が学園内の非公式ユニットどころか、マネーロンダリングにさえ手を染める国際的な犯罪組織に成長を遂げつつある――思い込みの激しいエリートを敵に回すと、こうも由々しき事態を招いてしまうのか。

どこかで歯止めをかけないとと思うものの、その手段が思い当たらない。

的外れな方向に邁進していく忠実なる部下を、ただただ見守ることしかできない、無力な会長こそがわたしだった――団長のリーダーシップとは、比べるべくもない情けなさだ。

「ご覧ください、眉美会長。壁に、異様なほど穴が空いていますね」

「う、うん。あ、空いてますね。それが？」

「これは弾痕。つまり、試し撃ちのあとではないでしょうか？」

防音壁を知らんのか、この副会長。

弾痕よりもよっぽど、優等生の知識の穴こそ恐ろしかった——いや、その欠如は、ひょっとすると、必然的なものなのかもしれない。

指輪学園の生徒は現在、防音壁に接する機会を、奪われているのだ。

そんな壁、思えば音楽室くらいでしか見られないものであり、その音楽の授業が、なくなってしまっているのだから——弾痕はさすがに勘違いのし過ぎにしたって、わたしだって先輩くんからこの教室でボイストレーニングを受けていなければ、『ぽつぽつと穴の開いた変な壁』くらいにしか思わなかったかもしれない。

そんな考察を裏付けるようなことを、更に長縄さんは言ってきた。

「ただ、ここが美術室であったことは、間違いないようですね。眉美会長も、ちゃんとは知らないみたいなことをおっしゃっていましたが」

うん。誤導の道案内をおこなうにあたって、そんな保険はかけておいた。

保険と言うか保身である。

あからさまに嘘をついていることがバレたら、泥沼に陥りかねないので——だけど、どうして長縄さんがここ、この音楽室を美術室だという、正しくない確信を持ったのかというと、その穴だらけの壁に。

「ほら、肖像画が飾られています」

肖像画が飾られていたからだ。

モーツァルトやハイドンやベートーベンやシューベルトやリスト、偉大なる音楽家達の肖像画が、額装されてずらりと吊り下げられていたからだ——やべえ、すっかり忘れてた。

ミスディレクションのミステイクだ。

楽器や、机や椅子は片付けられていたけれど、売るほどのものでもない複製画だろうし、たぶん『下ろすのが面倒だから』くらいの理由でそのまま吊るしっぱなしにされていた肖像画のことを忘れていた——たとえピアノがなくても、たとえ防音壁でなくっても、こうも音楽家達がラインを組んで勢揃いしている場所は、音楽室しかないだろう。

ないだろう、のに。

それなのに長縄さんは、それらの肖像画を見て、むしろここを美術室だと確信したようだった——もしやと思って、

「長縄さん……、あの絵、何の絵か、わかるかな?」

と、それとなく聞いてみた。

「さあ……、恐らくは有名な画家の自画像だと思います。推測でものを言わせていただければ、きっとゴッホかダ・ヴィンチか、その辺りの」

「………」

画家と音楽家の区別がついていない。

恐らくは将来、日本の将来を背負って立つであろう才女が、ベートーベンとゴッホの区別もついていない――これが現在の指輪学園中等部の、教育制度の実態だった。

6 そして真の美術室

「クレバーなわたしが救ってあげたあなた達！　ピンチだぞ！」

結局、大した発見もないままに（ほっ！）、長縄さんと音楽室で別れたあと、わたしはその足で（一応、尾行を備考しつつ）、真の美術室のほうへと向かった――当然、そこに集っているであろう呑気なメンバーに、危機感を促すためである。

ただ、アテが外れたと言うか、そのタイミングで美術室に集っていたメンバーは、中でも危機感とは無縁なふたりだった――つまり、団長と生足くんである。

ぐああ。

このふたりにピンチを認識してもらうなんて、猫に量子力学を理解してもらうくらいの無理難題だ！

「眉美ちゃん、どうしたの？　汗びっしょりで、なんだかいやらしい雰囲気だよ？」

（違法に持ち込まれた）高級ソファでいつも通り引っ繰り返っていた生足くん。

汗みずくなのをいやらしいと認識するような中学一年生が、陸上部に所属しているのは倫理的な問題があると思うんだけれど、それはもういいや——今の問題は、この天使長が陸上部に所属していることではなく、この生足くんが美少年探偵団に所属していることなのだから。

「はっはっは、その質問はよくないぞ、ヒョータ。僕達は曲がりなりにも探偵団。眉美くんの様子がおかしいというのであれば、まずはその理由を推理せねばなるまい。既に材料は揃っている」

黒板脇（わき）の（同じく違法に持ち込まれた）グランドファーザークロックの振り子に合わせて揺れるという、なんとも変人っぽい遊びに興じていた団長、小五郎の双頭院学くんが、生足くんを窘（たしな）めるようなことを言った——いやいや、今、きみには誰かを窘めてる余裕なんてないんだよ？

ただ、小五郎だろうと変人だろうと、あるいはどうせ的外れな推理だろうと、リーダーはリーダーなので、その推理を拝聴しないわけにもいかない。

推理の材料は揃っているどころか、美少年探偵団は現状、証拠固めをされているような窮地にあるのだが……、副会長の長縄さんは、今日のところは引いてくれたけれど、それはあくまで今日のところは、だ。

「おそらく眉美くんは、新任の生徒会長として助言を求めに来たのだろう。ナガヒロがいないことに、がっかりした様子が見て取れたからな」

意外とニアピンで当ててきた。

油断ならないなあ。

それにしても、ロリコンがいないことにがっかりする日が来るとはね。

「ミチルがいないことにもがっかりしたようだったが、それはおそらく、あいつの淹れる紅茶が飲めないことにがっかりしただけだろう」

メンバーの心の機微には、本当に精通しているリーダーだ。

マジで見習いたい。

わたしだってもしも長縄さんが、クールな佇まいの内側に、あそこまでの熱意を（美形に対する敵意を）抱えていると知っていれば、こんなにどたばたせず、もっと先んじて打てる手もあったのだ。

「ふふん。ひょっとして、生徒会と美少年探偵団の、業務提携を申し込もうという算段なのかな？」

ただ、メンバーの心の機微以外の推理はやっぱり的外れだったし、絵空事もいいところだった——業務提携どころか、わたし達は現在、宣戦布告をかまされているようなものなのだ。

皮肉な構図ではある、わたしがわたしの部下によって告発されようとしているのもさることながら、元々その部下は、副団長の部下でもあり、ある意味、その副団長の無念を晴らそうとしているというのだから。

そういう言いかたをすると、長縄さんの役回りが道化じみているようにも感じられるけれども、実際のところ、そのクラウンによって袋小路(ふくろこうじ)に追い詰められているのは、わたし達のほうなのだ。

とにかくみんなに状況を伝えねばと、勢いで真の美術室までやってきたけれど、生足くんと団長の（揃って呑気で爛漫(らんまん)な）顔を見て安心したのか、反動でどっと疲れた——今やわたしにとってのエナジードリンクとも言える不良くんの紅茶が飲めないのは残念だけれど、とりあえず、ソファに腰を下ろすとしよう。

生足くんの生足を撫(な)でまわして癒(いや)されよう。

「眉美ちゃん、ボクも好きでショートパンツを穿いているわけだから、見るのは好きに見てもらって構わないけれど、撫でまわすのはその都度許可を取ってからにしてくれない?」

「いいじゃない、わたしのパンツ、好きなときに見ていいから」

「投げ打ち過ぎでしょ、自分の価値を。もっと自分を大事にしなよ」

ですね。まさか生足くんに説教されようとは、ガチで疲れが出ている。

まあ、わたしは生足くんからは、意外とガチで怒られがちなんだけれど……、出た疲れは、今日一日の疲れではなく、そもそも向いているとはとても言えない、生徒会業務の疲れでもあるのだろう……、久し振りに美術室に来たことで、肩の力が一気に抜けた。

このホスピタリティの高さ。

理屈で言えば副会長のほうが正しくて、学園内で非公式に活動している美少年探偵団に理はないのだけれど、やはりこの場所を失いたくないと、勝手に思う——ひとつだけ言うなら、美少年探偵団なくして、わたしは生徒会長にはなれなかったわけで。

つまり、その場合、あのテリブルな没個性が生徒会長になってしまっていたのだから——けれどそんなことは、長縄さんは知らないほうがいいに決まっている。

自分がクルマに撥ねられた理由を、長縄さんは知らなくていい。

「はあ……、お風呂って今、入れる？」

「うん。ボクがさっき浴びたところだけど。その残り湯でよければ」

天使長の残り湯なんて、御利益がありそうなくらいですよ。

いったんリラックスして頭をしゃっきりさせようという計画でもあったが、ただ、生足くんの生足の抱き枕じみた触り心地はともかくとして、このソファの座り心地、そして好きなときに好きなように檜風呂に入れるというスパリゾートっぷりが、この場合は問題に直結しているのが、複雑なところだった。

なんにせよ、急場はしのいだ。今日のところは。

音楽室を美術室だと勘違いさせることで、長縄さんの鋭い目を回避した——ものの、あんなのは一時しのぎもいいところである。あれで諦めてくれるほど、クールビューティーは甘くない。抱き着かれたとき、甘い香りはしたけれど（シャンプーだろうか？　今度聞こう）、二の矢三の矢を打ってくるはずだ。

新生徒会の旗印とまで言ったのだ。マニフェストである。

彼女も彼女で、立場上、なかなか引っ込みのつかないところに踏み出している——なので、アジトである美術室のありかを騙し騙し誤魔化しているうちに、適切な手を打たなければならない。

それこそ、長縄さんがそう勘違いした（わたしがさせた）ように、捜査の動きを察知した以上、わたし達はアジトからすみやかに撤収すべきなのである――逃げろや逃げろ、一目散。

ただ、わたしと生足くんが座るこのソファ。団長が遊んでいるグランドファーザークロック。いつでも入れる檜風呂――その他、不良くんの専用キッチン、天才児くんの手による彫刻・絵画・陶芸などなど、芸術品の数々。

敷かれた絨毯もそうだし、あとは美術室にそぐわない、謎の巨大羽子板とかもそうだ――この美術室は、音楽家の肖像画以上に、『撤収』、お片付けの難しい品々に満ち満ちているのである。

音楽室からピアノを持ち出すのも、まあ大変な作業だっただろうなと想像がつくけれど、もしもこの美術室を引き払うとなると、わたし達はそれどころではない労力を払わねばならない――いや、労力はまだいいとしても、時間だ。

一日二日で撤収できる物量ではない。少なく見積もっても、丸一ヵ月はかかりそうだ。

物量のみならず――とわたしは首の角度を変えて、天井を見上げる。

そこには星空が描かれていた。

わたしの入団を記念して、メンバーみんなで描いた天井絵だ。

十年以上追い続けた暗黒星を見失い、夜空を見る気をなくしてしまったわたしに対する団長のはからいでもあり、嬉しかったたし、感動したものだけれど、こういう事態になってしまえば、なかなか厄介な絵画でもあった。

どうすんだよ、このウォールアート（シーリングアート？）。

天井に直接描いちゃっているから、塗り潰したところで痕跡は残りまくりだ——下手をすれば弾痕よりもあからさまである。あと、天井を見上げたことでついでに気付いたけれど、シャンデリアな。

シャンデリアがついでってて……。

謎の巨大羽子板を、いったいどうやって美術室に運び込んだんだろうなんて謎に向き合ったことがあったけれど、あの巨大シャンデリアをどうやって外に出すか、廊下を運ぶか、階段を下ろすかというほうが、よっぽど深刻な問題だった。

ことほどさように、ひとつひとつ検証するのが馬鹿馬鹿しくなってしまうほど、この真の美術室には、問題点しかなかった。副会長の目を盗む方法が、ひとつも思いつかないほど。

この美術室よりも大きな問題なんて、副団長がロリコンだということくらいだ。

「ロリコンではありません。親が勝手に決めた婚約者が、小学生だというだけのことです」

と。

うんざりしたわたしが匙を投げかけ、生足くんの生足を撫でまわす作業に集中しようと思い始めたそのとき、ようやく話の通じるメンバーが美術室にやってきた。

紅茶を飲みたいという意味では、不良くんが来てくれればよかったのにと思わずにはいられなかったけれど、シチュエーションからすると、もっとも望ましいロリコンだった——いや、親が勝手に決めた婚約者が小学生の、中学三年生だった。

前会長の副団長だった。

「おおナガヒロ！　思いのほか早かったな。首尾はどうだった？　ミチルとソーサクは一緒じゃないのか？」

「残念ながら、空振りでして。私は不甲斐なく報告に戻ってきただけです——あのふたりは引き続き、調査にあたっています」

団長からの呼びかけに、いい声でそう答える『美声のナガヒロ』。

調査？　また何か遊んでいるのか。みんなで。

わたしを仲間外れにして。

まったく、今、調査されているのは我々のほうだというのに。

「いえいえ、誤解しないでください、眉美さん。遊んでいるわけではありません——強いて言うなら、前回の続きですよ。沃野禁止郎くんのその後の足取りを、みんなで追っているのです」

おっと。さいですか。

だとすればそれは、選挙戦の後始末という意味では、わたしの生徒会業務よりも、ある種重要とも言えた——なにせあれは、学園経営の根幹にかかわりかねない事態だったのだから。

あれは——彼は。

ふと、生徒会室の金庫に放り込んできた子供ケータイのことを思い出した……、沃野くんの正体を、所属する『組織』を匂わせる、札槻くんの思わせぶりな物言いを。

デートの誘いを。

「…………」

うん、でも、ないな。

長縄さんにはああ言ったけれど（そのせいで、ただでさえの急展開を更に早めてしまった感があったけれど）、別段わたしは、札槻くんが美形だからという理由で（理由だけで）、誘いを袖にしたわけではない。

沃野くんは、そりゃあ正体不明の危険人物ではあるが、危険人物度で言えば忘れちゃならない、髪飾中学校の現生徒会長、遊び人にして支配人、札槻嘘だって、なかなかのものなのである。

夜の学校の体育館で、華やかなカジノホールを運営するような中学二年生と、とてもお近づきになりたいとは思えない……、それで仮に没個性の情報が得られるのだとしても、たぶん代償が大き過ぎる。

借金を返すために借金するようなものだ。泥沼である。

それに、現役時代の先輩くんと札槻くんは、生徒会長同士、あからさまな敵対関係にあったわけで、わたしが札槻くんと仲良くしてると嫉妬してくる可愛いところが、ロリコンにはある。

なので言うべきでさえないだろう。

「どうしました？　眉美さん。ひょっとして、沃野くんの行方に、心当たりでも？」

「まさかまさか。わたしに心当たりがあるのは、ロリコンの心の狭さくらいのものですよ」

「最近、眉美ちゃんのほうがナガヒロのことをロリコン呼ばわりしているよね」

ボクってばすっかりお株を奪われちゃったよ——と、生足くんが拗ねたように言う。

『美脚のヒョータ』的には脛（すね）たように言う。

そんなところで競うつもりはないんだけれど。

「ま、去った者への深追いも美しくあるまい。いいところで打ち切るとしよう」

リーダーが、ねぎらうようにそう言った——こういうところだよな。

ただ、心の狭い、もとい心配性な副団長のほうが、それでは納得しないのも確かだろう……、なにせわたし達は、結局のところ、沃野くんが身分素性を偽ってまで選挙戦に参加した理由さえ、はっきりとはわかっていないのだから。

「なので、それよりもナガヒロ。どうか眉美くんの悩みを聞いてやってはくれまいか。何やら新生徒会長として、難題に向き合っているらしいよ？」

いえ、あの、わたしだけじゃなくて、美少年探偵団全体が危機的状況にあるって話をしたいんですよ？　あなたこそ、どうか眉美くんの悩みを聞いてやってくださいよ、リーダー。

探偵として感覚派過ぎる。

「ほほう。生徒会業務のことでしたら、あなたの推薦者として、なんでも相談に乗りますよ？　しかし、引退した身であれこれ口を出すのも、それこそ、美しくありませんからね。できる限り、長縄さんに頼っていただきたいと思うのですが。あの通り几帳面（きちょうめん）なかたですので、とっつきにくい側面もありますけれど、長縄さんは頼れる副官ですよ」
その長縄さんに困らされているんです。

7 長縄さん対策を練ろう！

諸事情によりメンバーがふたり欠けた状態ではあるものの、とりあえずはテーブルを囲んでの探偵団会議は始まった——このテーブルもまた、隠しようもない重厚さなのだけれど（どこを向いても問題だらけだ）、まあ、それはともかくとして、わたし、先輩くん、生足くん、そしてリーダーという面子で、生徒会執行部副会長、長縄和菜さん対策を練ることになった。

四人のうち三人が、策を練るのに向いていないという体たらくだったが、まあ、これはあとふたりいたところで、そんなには変わらないかもしれない——不良くんはごりごりのごり押し派だし、反面、知性派の天才児くんは、こういう会議ではほぼ喋らないしね。

鶴の一声タイプだ。

そう思うと、わたしも含め、考えることができるメンバーは美少年探偵団にひとりだけだ。

　ただ、その唯一の策師、元生徒会長の先輩くんから、打てば響くような当意即妙なアイディアが、即座に返ってきたかと言えば、そんなことはまったくなかった――あれ？　この美形、天才児くんのほうだったかな？　と疑念を抱いてしまうほど、先輩くんはわたしが生徒会室から持ち帰ってきたお話に、むっつり黙り込んでしまった。

　ロリコンが黙ると怖いんだけど……。

「眉美さん――本当ですか？」

なんてことだ、信憑性を問われてしまった。

　こんな嘘をついてどうするんだよと怒りにかられたわたしだったが、先輩くんがここで疑ったのは、本題のほうではなかった――そうではなく、

「長縄さんが、そのような囚われない振る舞いを……？」

　というものだった。

「人に抱き着いたり、そこまで慇懃に隷属したりする人では、なかったと思うのですが……、いったい眉美さんと長縄さんの間に、何があったというのですか」

　何があったというのですかって。何もないですよ。

　隷属って。

　それもう現代語としちゃいかがなものかだよね。

そうか、親しくなることで雪女の新たなる一面が深掘り(ふかぼり)できたのだと思っていたけれど、一年以上の付き合いのある先輩くんにしたところで、長縄さんのあのアグレッシブなキャラクター性は、耳を疑うようなものなのか……。

まあ、考えたら、ああいう側面もあるというのなら、先に教えてくれていそうなものだよね。

「それだけではありません。私が引退するとき、彼女には『美少年探偵団には手をださないように』と、強めに言い含めておいたはずなのですが……」

そういう疑問も、あるにはあるようだった——でも、え？　そうなの？

前会長の無念を晴らすというような言いかたをしていたので、先輩くんの意志を継ぐ性格の強い提案のつもりでもあるのだろうと思っていたけれど、そう言われていたとなると、意味合いが全然違ってくる。

むしろ前会長の意志に逆(さか)らっている。

「上級生に対する接しかたと、同級生に対する接しかたが変わってくるのは、当然と言えば当然なんじゃない？」

と、生足くん。

二年生の前だろうと三年生の前だろうと、団長の前だろうと、ソファに引っ繰り返って座る一年生の台詞に説得力があるとはあまり言い難かったけれど、まあ、発言の内容そのものは至極正論である。

「うん……、先輩くんの前では張り切っていいところを見せようと気張っていたのが、緩んだっていうのはあるかもね」

「と言うより、その話を聞くと、長縄くんは眉美くんの前で、張り切っていいところを見せようと躍起になっているのではないのかね？」

リーダーの指摘はこれも相変わらず的外れ……、とも言えないか。

特段今日気付いたわけでもないのだけれど、長縄さんから、異様に懐かれていることに気付けないほど、鈍感なわたしでもない——彼女から感じる強い友情感は、『美観のマユミ』ならずとも、無視しがたいものがある。

前会長からの言いつけを破ってまで、美少年探偵団を壊滅させる手柄を挙げさせようとする熱意は、単なる職務上のものではないのかもしれない。

その友情感が、この通り、わたしを追い詰めている。

友情感なんて不慣れ過ぎて、対応の仕方がまるでわからん。

「まあ、思惑はともかく……、その動きにどう対処するか、だよね。でも、撤収は事実上、無理じゃない？」

生足くんが無理のある姿勢のまま、ぐるりと美術室を見渡してから、わたしと同じ結論に至った。

「肉体派として苦言を呈させてもらうと、みんな私物を持ち込み過ぎだよね。特にこの場にいない、ミチルとソーサクが」

その通りではあるけれど、この場にいないふたりを糾弾するわけにもいかないし（美少年探偵団の中でも怖めのふたりなのでという事情もある）、そもそも風呂上がりの生足くんに、それを糾弾する資格があるかないかは、微妙なところだった――わたしに至っては選挙期間中、ここに住んでいたのだから。

「そうですね。立ち退くことは、時間をかければ不可能ではないでしょうけれど……、問題は、その時間をどうやって稼ぐか……」

「いや、立ち退きは絶対に不可能だな。たとえ無限の時間があったとしても」

具体的な検討に入ろうとした先輩くんを、リーダーが制した――メンバーの心境をことのほか重んじる団長にしては、かなり妥協のない言いかただった。

なぜだろう、逃げるみたいで美しくないからだろうか？

「なぜなら、ここは永久井こわ子先生から受け継いだ特別な特別教室ではないか。あの芸術家から教えを受けた僕達が、すごすごここを明け渡すわけにはいかないのだ」

8　長縄さん対策を練ろう！　2

「やっほー、札槻くん、元気してる？　ごめんね、なんか昼、せっかく電話をもらったのに、変な感じに切れちゃって。うちのガッコの生徒会室、電波の入りが悪いみたいなの。もう家だから大丈夫だよ、本当はいつだって大丈夫なんだけどね？　そうそう、どこで話が中断されたんだっけ？　わたしが憧れの札槻くんからもらったデートの誘いに、一も二もなく応じたところだったたっけかな？」

……夜、帰宅したのちに、生徒会室の金庫から取り出し、持ち帰ってきた、生徒会長就任祝いにいただいた子供ケータイの短縮一番ボタンを押して、わたしがそのような交渉術を披露するに至るまでには、もちろん、のっぴきならない経緯があった。

端的に言うと、美術室で団長が、断固として断言した居座り宣言には、それだけの重さがあったわけなのだが……、まあ、どういう摂理に基づいての発言であったとしても（思いつきでも気まぐれでも）、生足くんや先輩くんが、リーダーの意向に従わないわけもないにせよ、今回ばかりはわたしも、「いや、美学だかなんだか知らないけれど、そんなことを言ってる場合じゃないんだってば」と、小五郎を諫めるわけにはいかなかった。

確かに。

二学期までならまだしも、あの美術室は今となっては、わたし達が独自に占拠している美術室とは言えない——かつてあの特別教室のあるじだった美術教師、永久井こわ子先生から、正式に引き継ぎ、受け継いだ場所なのである。

かつてこの学園と戦い、そして敗北した芸術家の遺産。

まあ、遺産とまで言ってしまうと、まるでこわ子先生が死んでしまったみたいだけれど、彼女が現在失踪し、行方知れずになっているという意味では、この美術室が、あの先生の存在証明のような性格を有することは間違いない。

こわ子先生から鍵を受け継いだわたし達としては。

美術室を投げ出してはならない責任がある——いやまあ、どんな理屈をつけたところで、わたし達が美術室を違法に占拠していることには変わりがないので、完全に気分の問題だが。

否、これこそ気分の問題ではなく。

美学の問題か——ならば答を出さないと。

「なに、占有は九分の勝ち目と言います。さしあたって、この不利極まる状況下において、私達に有利な条件をピックアップしてみますと、それはまず今のところ、長縄さんが美術室の場所を把握していないという点です——眉美さんのこすい機転が利いたことからもわかるよう、美術室のみならず音楽室も、ひいては特別教室の場所を、ひとつも把握していないと見て間違いないでしょう」

ロリコンがわたしのことをこすいって言いやがった。

まあ、こすいを含めてその通りだ——指輪学園中等部の抱える教育カリキュラムの闇とも言える滑稽さだが、あれだけ綿密な調査をおこない、か細い風聞を熟慮を重ねて選別した末に、美少年探偵団の存在に限りなく近付いてみせた『名探偵』が、通っている学校の美術室の場所も知らなかったのは、まぎれもない事実である。

ひょっとすると、わざわざわたしが（こすく）誤導なんてしていなくとも、長縄さんは美術室には辿り着けなかったかもしれない……、かと言って、もちろん、このまま放っておいていいということにはなるまい。

「そうですね。看過できない由々しき問題ですね。偏差値七十を超える優等生が、音楽家の顔も芸術家の顔も、知りもしないなんて——」

そう。それももちろん放ってはおけない。

「ボクだって音楽家の顔なんて、ぜんぜん憶えてないけどねー。これも指輪学園のカリキュラムの悪影響なのだとすれば、ボク達は教育制度の被害者と言うことができるのかもしれない」

生足くんが真面目ぶってそんなことを言ったけれど、裸婦画を知り尽くしているこの子が言っても、それは説得力がないな……、自戒を込めて思うけれど、学ぶ気がない者に教えても無駄だというのは、真理である。

でもベートーベンがわからないのは、やっぱり深刻だ。

ひょっとすると、曲を聞いてもわからないんじゃないんだろうか？

さておき、だからと言って、ベートーベンとゴッホの区別がつかなかろうとどうしようと、長縄さんの優秀さ自体が否定されるわけでは決してない……、わたしが案内したあの特別教室が、美術室ではなく音楽室であることを突き止めるのに、そう時間もかかるまい。

わたしのこすい誤導は、現実的には一日持つかどうかの時間稼ぎだった。

明日になれば長縄さんは、どうあれ新たなるプランを持って、美少年探偵団のアジトを突きとめようとリスタートすることだろう……、そして遠からず、美術室の場所を探り当てることだろう。

「ですね。ええ、彼女の粘り強さは、私が保証します」

そんなことを保証されても。

できれば彼女の性格を保証して欲しかった——美形嫌いについてもご存知なかったようだし、案外長縄さんは、二心ない忠誠をもって咲口長広生徒会長に仕えていたわけではないのかもしれなかった。

全校生徒から絶大な支持を集めていた伝説の生徒会長が、腹心からは嫌われていたかもしれないという推論は、普段ならばわたしのようなクズには胸のすくようなものだったけれど、今はただただ最悪の最悪でしかなかった。

つまりそれは、万が一——このままだと万が万くらいだけど——美少年探偵団が捕縛されても、メンバーの中に長縄さんがリスペクトする伝説の生徒会長が含まれていれば、お目こぼしをいただけるのではないかというなけなしの希望がはかなく潰えるということだから。

わたしとの友情感も、成立したてのほやほやであることを考慮すると、逆効果にしかなるまい……、て言うか、普通に嫌われて終わりな気がする。

『見損なったよ』って言われるの、つらいなあ。

人生で何度言われても、慣れることのない台詞だ。

「なので、私達のほうから具体的に打てる手としましては、まずは緊急避難的と言いますか、姑息療法ではありますけれど、これから手分けして、校内にある見取り図を、根こそぎ撤去することでしょうね。この通り、敷地(しきち)面積の広い学園です。地図がなければ、美術室のエリアを特定するのは、簡単ではないはずですから」

何かにつけ型破りであることを重んじる美少年探偵団にしては、至極真っすぐと言うか、至極地味な作戦ではあったけれど、今のところはそれしかなさそうだった——本人としては苦しまぎれに出した、とても名案とは言えないプランらしかったけれど、わたしでは思いつかなかった有効性のある案であることは確かだったし。

が、その一方。

団長の宣言を受けて腹をくくったわたしが、思いついてしまった案もあった——それも、有効性で言うなら、一時しのぎでもその場しのぎでもない、かなりの勝算がある案だった。

ただ、そのためには、捨てなければならないものがあった——プライドだ。もっともそれは、美術室にある美術的備品を処分することを思えば、一番捨てやすい荷物なのかもしれなかった。

そんなわけで。

「やっほー、札槻くん、元気してる？ ごめんね、なんか昼、せっかく電話をもらったのに、変な感じに切れちゃって。うちのガッコの生徒会室、電波の入りが悪いみたいなの。

もう家だから大丈夫だよ、本当はいつだって大丈夫なんだけどね？　そうそう、どこで話が中断されたんだっけ？　わたしが憧れの札槻くんからもらったデートの誘いに、一も二もなく応じたところだったっけかな？」

である。

9　札槻嘘

ええと、てっきりもう本書では登場しないと思っていたから、ここまでちゃんとした紹介を省いていたけれど、こうして通話が再び繋(つな)がったので、髪飾中学校生徒会長、札槻嘘くんについて、もう少し細かいイントロダクションをつけ加えておこう。

夜の中学校でカジノホールを運営していた彼の経歴は既に述べたが、それを実行した彼の主導するグループは、チンピラ別嬪(べっぴん)隊という——何を隠そうわたしは、その組織からスカウトを受けたことがある。

引く手あまたのアイドルというわけではなく、単にわたしの『視力』が、札槻くんにとって『面白そう』だったから粉をかけてみたというだけで、その誘いがどこまで本気だったのかも、今となっては怪しいものなのだけれど……、ともあれ、いわば髪飾中学校における美少年探偵団とも言うべきチンピラ別嬪隊。

なので、別の学校で君臨し続けているそのグループのリーダーに、この苦境を切り抜けるコツを聞こう——というわけではない。たぶん、参考にならない。

おそらく髪飾中学校と指輪学園では性質が違う……、チンピラ別嬪隊は、校外に対してはともかく、校内ではその存在を隠していないと思われるので……、なので、わたしが恥を忍んで札槻くんに電話をかけた理由は別にある。

「あ、あの、札槻くん？」

しかしその理由も、プランも、返事があってこそだ。

相手が無言では、通話は成立しない。

あれあれ？　間違って天才児くんに電話しちゃったかな？

「えっと、えーっと」

「——どちら様でしたっけね」

こちらからかけた電話なのに、まるで無言電話を受けたみたいな気分に、わたしが露骨に焦っていると、ようやく向こうから発言があった——感電したのかと思うような、ぴりっとした声色だった。

おや？　札槻くん、ひょっとして怒ってる？

札槻くんが怒ることより、わたしが怒られることのほうが個人的には衝撃だったが、しかしまあ、あんな電話の切られかたをして、気分を害さない人間はいまい。ガチャ切りじゃないだけだったもん。それ以外すべてだったもん。

くっ……、だがわたしは、誰からどんな説教をされようとも謝らなかった女！　百パーセント自分が悪い状況でこってり油を絞られても、謝罪を拒否した男装女子！　ここで謝るほど安い性格じゃあ——

「ごめんなさい、わたしが悪かったです！　あの言いかたはなかったです、許してください！」

「どうしました。何がありましたか」

つっけんどんだった札槻くんの態度が一変した——わたしが謝るのって、そこまでのおおごとか。

「破滅させられましたか、指輪学園が」

「い、いえ。まだそこまでのことは起こっていないけれど」

どうあれ、プライドを捨て値で売った甲斐はあったようだ。

もっとも、元はと言えば彼のほうから用件があって、わたしに子供ケータイを送りつけてきたのだ。ちょっとばかりわたしの美形嫌いが災いして、こうして不本意にもこうべを垂れる形になってしまったけれど、本来、互いに対等な取引ができる立場にはあるはずなのだ。

　なのであのとき、即答でデートとやらに応じず、夜まで引き伸ばしたのは、結果的には正しい選択だったと言えなくもないのだ——このあとの交渉にもよるけれど。

　まったく、生徒会長に就任した以上、やがて札槻くんとやり合うことになるだろうとは覚悟していたけれど、まさかこんな形を取るとは思わなかった……、行きがかり上、美少年探偵団の後ろ盾も生徒会執行部の後ろ盾もない、孤軍奮闘である。

　でも平気！

「さあ、勝負よ札槻くん！」

「あれだけ盛大に謝罪の弁を述べた後に、勝負と言われましても……、ぜんぜんその気になれませんよ」

　どうやらわたしは、遊び人の興を削いでしまったらしい……、札槻くんのテンションを下げるなんて、ライバルとして、一番やっちゃいけないことだよね。

「ま、勝負はおいといてー。あのね、沃野くんとかはぜんぜん関係ないんだけど、ちょっと今ワケアリで、たくさんの家具を人目から隠さなくちゃいけなくなったの。だから札槻くん、秘密のアイテム、貸してくれない？　ほら、わたしの目じゃないと見えないステル

ス な布きれ、あったじゃない？　あのアイテムをかぶせれば、ソファでもベッドでもシャンデリアでも、やりようによっては天井絵でも隠せると思うんだよねー」

ポテトチップスを片手でつまみながら、わたしが正当な取引を申し出ると、札槻くんは、

「ぜんぜん状況がわかりませんが、何より瞳島さん、今あなた達は、そんなことしている場合なのですか？」

と、もっともなことを言ってきた——遊び人なのに。

いや、一応不良くんや天才児くんが、沃野くんの行方を追ったりはしてくれているらしいんですよ？　成果がぜんぜん上がっていないというだけで。

「ステルスな布きれって……、随分な言いかたをしてくれますよ。あまり言いたくはありませんが、あの素材、いったいいくらすると思っているんですか。あなたがた美少年探偵団が、実験を妨げた開発途中の商品が」

「ご、五百円はするでしょうね」

「あと、アイテムアイテムと、柔らかく表現なさいますが、あれ、軍用兵器ですからね？」

でしたね。

気軽に転用していいものではない——だからこそこれは、美学を重んじる団長や、その意志に従順なメンバーを通せない秘密のプランなのである。

わたしだって軍用兵器を不法占拠のために使用するような、ならず者と言う他に表現が見つからない行為を、好き好んでしたいわけではないが、背に腹は代えられないというものだ。

団長の美学を。

不良くんの美食を、生足くんの美脚を、天才児くんの美術を、先輩くんのロリコンを——ではなく美声を守るために、わたしが敢えて、美観を汚そう。

クズ中のクズにしかできないことだ。

「なるほど。そこまでの覚悟があるのでしたら、もう何も言いますまい——ただしもちろん、ただというわけには参りませんよ。ご存知の通り、僕は遊び人であると同時に、商売人ですからね」

「そんな風に並べると、ドラクエの職業欄みたいですね」

「瞳島さん」

「はい。ただじゃないって、五百円くらいですかね」

わたしに用意できる限界の額を提示すると、札槻くんは呆れたように「それではお話になりませんね」と言った――ならないでしょうね。

ただ、呆れていると同時に、面白がっている風でもあった――削がれた興が、再び乗ってきたようである。

そうこなくっちゃ。

「とりあえず、商談となりますと、電話で済ますわけにもいきませんね。瞳島さん。明日、髪飾中学校に登校していただけますか？」

はいはい、仰る通りに。学校デートですか。

なんなりと、はんなりと。

「ちなみにうちの学校は現在、生徒総会での決定を経て、女子の制服はバニーガールで統一されています」

はいはい。って、おい。

ヴァニーガーリュ？

10　瞳島眉美の予定表

思えば美少年探偵団とチンピラ別嬪隊が競い合ったカジノホールにおいて、従業員を務めていた髪飾中学校の女子生徒は、みな一様にバニーガールの衣装に身を包んでいた——どうやらわたし達は、カジノホール自体を閉鎖に追い込むことには成功したけれど、あちらの生徒達のバニー熱については、完全に火消しをおこなうことはできなかったようである。

生徒総会という正当な手続きを経て校則を変えている辺り、やはり美少年探偵団とチンピラ別嬪隊は、スタンスが違う……、表の活動と裏の活動を完全に分離しているわたし達と比べて、生徒会長と隊長を同時に務める札槻くんは、清濁を完全に併せ呑んでいる感じだ。

まあ、デートの誘いを断って、札槻くんに恥をかかせたのはわたしだとは言え、だからと言って、バニーガール姿で呼びつけられるほどの無礼を働いた覚えもないのだけれど、ここまで来ると、毒を食らわば皿までだった。

ニンジンを食らわば葉っぱまでかな?

バニーになるのも初めてじゃないしね。

一応、わたしは男装女子だから、男子用の制服を着て登校するというのはありなんじゃないかとも思ったけれど、聞いてみると、

「男子の制服は、現在、スカジャンです」

とのことだった。

そこはタキシードとかじゃないのかよ。

スカジャンは男装女子にはいささかハードルが高いな……、荒くれ者イメージの強い髪飾中学校の男子生徒が着るなら、あつらえたように様になるのだろうけれど、わたしがやると、普通に似合わないみたいになっちゃいそうだ。

選択肢になっているようでなっていなかったけれど、そこは『美しくあること』を団則とする美少年探偵団のメンバーとして、バニーガールを選ばざるを得なかった。

慣れないことはするものじゃない。

ただ、バニーガールになれば、美しくなるとも思っていない――生徒会長に当選したからと言って、わたくしごときがそんなに思い上がっているとお思いですか？　わたしは王様になっても卑下を繰り返しますとも。

札槻くんからの意地悪な要求を呑み、電話を切ったのちに、わたしはもう一台の子供ケータイ――美少年探偵団から支給されているほう――を取り出し、短縮ダイヤルの四番を押した。

携帯二台持ち、使いこなしてるぜ！　イケてる！

通話相手は天才児くんである。

「天才児くん！　お願い、助けて！　何も聞かずに、わたしを明日までに、一流のバニーガールにして！」

訂正。

基本的に天才児くんは喋らないので、通話にはならない——わたしが一方的に頼み込むだけである。

帰宅してから子供ケータイに頭を下げてばかりだ。

さっき、沈黙の札槻くんに、間違って天才児くんに電話をかけてしまったかなんて思ったものだけれど、こうして本家本元を相手にしてみると、沈黙と寡黙の違いを学習することになった——天才児くんの無言は、もうそんなに気にならない。

どころか、沈黙からでも意図を汲めるようになってきた……、団長が持つ美学以外の数少ない能力のひとつでもあるけれど、これ、生きる上では何の必要もない能力だ。

生きる上では何の必要もない能力で、天才児くんと打ち合わせ（ソロプレイ？）し、わたしは明日の早朝、（美術室はまずいので）指輪学園の生徒会室で、天才児くんにバニーガールへと仕立て上げてもらうタイムスケジュールを組み上げた。

つまり、ここで瞳島眉美の行動予定表を公開すると、

『6：00　起床

6：30　登校（登校中に食事。パン。転校生とはぶつからない）
7：00　学園到着　↓　生徒会室で待ち合わせ
7：30　お色直し　↓　バニーガール
8：00　いざ髪飾中学校へ』

である。

行動予定表の中にバニーガールなる単語が含まれてるってすげーな、我ながら。

あと、この予定表に従うと、わたしはバニーガール姿のままで指輪学園から髪飾中学校に移動する羽目になるのだが、まあ、それについてはそのときになってから考えよう——正直、考えたくもない。

天才児くんの力を借りて、目を見張るようなバニーガールと化し、有利な立場で取引をおこなおうとわたしを自陣に呼びつけた札槻くんをあっと言わせてやるぜ！　まあ、その見栄(みえ)のために財団の御曹司を呼びつけようとしているのだから、わたしもあまり、札槻くんのことは責められない。

ちなみに、天才児くんが何も聞かずに（何も言わずに）わたしの頼みを引き受けてくれたのは、彼とわたしとの間に強固な信頼関係があるからではなく、あの芸術家がわたしを素材と見做(みな)しているからである。

質のいい素材としてではなく、たぶん、変な絵の具で素晴らしい絵を描くことで、自分の技術を磨いているのだと思われる……、わたしのような根暗な女子をバニーガールに仕立てることは、わたしのような根暗な女子を美少年に仕立て上げるのと同じくらい、美術班として腕の鳴る仕事なのかもしれない。

これはこれで等価交換。交渉であり、取引か。

天才児くんの力を、こうも個人的に借りたことがロリコンにばれたら、芋蔓式にわたしが単身、髪飾中学校に向かったことも露見してしまうかもしれないけれど、しかし、先輩くんには団長(やわたし)と違って、寡黙なアーティストの内心を読み取るスキルはないはずだ。

奴に読めるのは平べったい子供の内心だけである——自身の副官の内心(美形嫌い)さえ読めていなかった統治者なのだから、最悪、わたしが『趣味でバニーガールの格好をさせてもらったの、癖になっちゃって』と言い張れば、なんとかなるだろう。

となると、覚悟しておかなければならない課題はやっぱり、わたしがステルス素材を受け取る代わりに、札槻くんから、いったい何を要求されるかだった。

元々の申し出は、沃野くんが所属する組織に対して、近隣の中学校同士、一致団結して共闘しようというような誘いだったのだと思われる……、デート云々はともかく、その取引自体はまだ生きているはずなのだけれど、うーん、だからと言って無条件にその提案を承諾するわけにはいかない。

それこそ。

新生徒会長としても、美少年探偵団のメンバーとしても。

わたし達を取り巻く状況がどう変化したところで、札槻くんが危険人物であるという揺るぎない事実には、変化がないのである――極端な話、沃野くんと札槻くんが、裏で手を結んでいるという可能性だって、否定できないのである。

わたしはそこを見極めねばならない。

今更だけれど、別に『美観のマユミ』って言っても、それは視力が過剰に高いだけであって、見る目があるとか、そういう意味じゃあない……。

11 わたしのスタイリスト

翌朝、綿密に立てたスケジュールは、寝起きに破綻(はたん)した。

て言うか六時には起きられなかった。

早起きなんて、女子中学生には無理!

具体的には、起きたらもう七時だった——計画では、もう学園に到着していなければならない時間だ。今日も一日頑張るぞというモチベーションが、一気にゼロになりそうなしくじりだったけれど、わたしはくじけなかった。

どうせすぐ着替えることになるのだけれど、それでも何が天才児くんの天才性の気に障るかわからないので、ちゃんと彼のレクチャー通りに男装して、小走りで指輪学園へと登校した。

全力で走らないのは、汗みずくになると生足くんに対するのとは違う意味でまずいからだ。メイクが落ちる。

出がけに焦って二度ほどそのメイクをやり直すことになったので、なんだったらいつもよりものんびりした登校みたいになってしまい、案の定、生徒会室に到着したときには、天才児くんは扉の前で、

「…………」

と、無表情で佇んでいた。

一秒で億の金を動かす財団の御曹司を、一時間近く、無為に廊下で待たせてしまった……、指輪財団にばれたら抹殺されてしまう。いつからわたしの人生は、こんな綱渡りみたいになったんだ。

わたしの前に道はないどころか、足下に地面がないよ。

しかも天才児くんは、小脇にバニーガールの衣装を抱えていた。

わたしが頼んだこととは言え、オートクチュールのバニーガール衣装を、芸術家に（たぶん夜なべで）作らせてしまったというのも、抹殺案件かもしれない……、ただ、それはわたしの身体中のサイズを知り尽くす、天才児くんにしかできないことなのだ。

頼めば魔法少女のコスチュームでも作ってくれるかもしれない……、天才児くんがスタイリストとして、わたしの無茶振りを楽しんでくれていると嬉しいんだけれど。

「ご、ごめんね、待たせちゃって。詳しくは言えないけれど、やむにやまれぬ事情があったの。すぐに準備するから」

いや、わたしが準備することなんてないのだけれど……、昨夜、札槻くんに謝ったからか、ここは素直に謝れた。詳しくは言えないのは寝坊だからだが、まあ、札槻くんに謝れて、天才児くんに謝れないということはない。

哀車の術。

不良くんとロリコンには、まだ無理だ。

しかしながら、我ながら、不思議なものだ——あれほど頭を下げるのが嫌いだったわたしなのに、腹を割って話せる仲間ができたり、あるいは生徒会長というわかりやすい立場を得たりすることで、むしろ抵抗なく、謝れるようになるなんて。

　人生って難しい！　生きるって難しい！

「五秒で脱ぐから、あとよろしく！」

　天才児くんの袖を引いて、生徒会室に連れ込む——後ろ暗いことがあるから急いでいるのだけれど、バニーガールに仕立ててもらうために後輩を生徒会室に連れ込んだこの状況、なんだか、後ろ暗いの意味合いが変わってしまいそうだった。

　さておき、天才児くんはわたしが急いでいるのを見て取って、阿吽(あうん)の呼吸で超特急で、わたしのお色直しを務めてくれ——はしなかった。そこは純血セレブの血統らしく、あるいは若きアーティストらしく、人の事情を考慮してはくれなかった。

　待たせることに躊躇(ちゅうちょ)がない。

　芸術を完成させるのには、時間はいくらかけても構わないと言わんばかりだった——無言だが。

　まあ、何の悪いこともしてないのに一時間近く、しかもバケツどころかバニーの素材を持たされたまま廊下に立たされるという、いわれのない罰を受けた天才児くんを急(せ)かすなんてことが、つつましやかなわたしにできるわけがなかった——わたしは性格にいくつかのプロブレムを抱えてはいても、取り立てて不良生徒というわけではないので、できれば他校にも規定通りに登校したかったけれど、天才児くんをこれだけ待たせた癖に、札槻くんは待たせたくないと言うのも筋が通らぬわ。

まあいいや、映画で仕入れた知識によれば、いい女ってのは、デートに遅れていくものらしいからね――わたしがいい女ではないことは確実だし、むしろクズ野郎として髪飾中学校に向かうことは間違いはないけれど。

どの道、もう八時を過ぎてしまっているので、ここからは男装女子として遅刻するか、バニーとして遅刻するかの二択である――なんだそのわけのわからない二択。

「ねえ、天才児くん。そのままスタイリングを続けながらでいいから、ちょっと雑談に応じてもらってもいいかな？」

天才児くんから返事はなかった。だけど聞いてくれているようだ。

ほぼ素っ裸で椅子に座らされ、バニーの衣装に合わせたヘアアレンジをされながらの振りである――今やすっかり、天才児くんの前では羞恥心の働かなくなったわたしではあるが（もう天才児くんに見られていない、触られていない肉体の部位と言えば、内臓くらいのものだ）、いつもの美術室ではなく、あの改造されまくった部屋より現実的な学び舎に近い、どころか象徴である生徒会室でこのようなお着替えをおこなっていることに背徳感を感じずにはいられなかったので、雑談をして気を紛らわせたかった――雑談と言うか、前から天才児くんに訊いてみたかった、相談である。

それこそ美術室じゃ、メンバーが集っているので、『ふたりきりで相談』っていうのは、なかなかできる機会がないからね――素っ裸をいいタイミングとしよう。

裸の付き合いだ、裸なの、わたしだけだけど。

「あのね、この生徒会室で、そこの椅子に座っている副会長の長縄さん――こないだ、交通事故に遭った長縄さんなんだけど、彼女、ベートーベンの顔も、ゴッホの顔も、知らないみたいなの」

詳しい経緯は差っ引く。

そこはチームワークで、既に先輩くんから美少年探偵団のおかれている現状は承知しているかもしれないけれど、そうでなかったときのために、一応、最低限の前提は述べておく……、本題はここからだ。相談はここからだ。

「そのことが、わたしは理屈抜きですごくショックで、言葉にできないくらいショックを受けたんだけれど……、でも、それの何がいけないんだって改めて自問すると、うまく説明できないんだよね。そっちも、言葉にできないんだよね」

天才児くんから返事はなかった。しかし聞いてくれているようだ。

「まあ、それを無理矢理言葉にするなら、先輩くんも認める才女が、美術・音楽方面に関して、そのっくらいの教養もなかったことが想定外と言うか、あっちゃならないことみたいに思えて——美術室や音楽室が使われなくなった、芸術科目が軽んじられるこの指輪学園のカリキュラムが、やっぱり正しくないんだと思い知らされたみたいな気分になったんだと思うの」

天才児くんから返事はなかった。それでも聞いてくれているようだ。

「ただ、それってどうなんだろうね？　わたしは根暗なひねくれ者だから、逆パターンも考えちゃうの。こわ子先生が、身体を張ってこの学園で戦って、美術を守ろうとしたことに、そりゃあ心打たれたし、その美学を受け継ごうとするリーダーの姿勢に、逆らうつもりは更々ないんだけれど……、でも、長縄さんがベートーベンやゴッホを、ワーグナーやピカソを知らないのと、わたしが太宰治(だざいおさむ)やフェルマーを知らないのと、何が違うんだろうね？」

天才児くんから返事はなかった。されど聞いてくれているようだ。

「わたしはたまたま美少年探偵団に所属して、美術や音楽を重んじているから、芸術家が知られていないことがショックだったけれど、国語数学理科社会、英語や古典や漢文を重んじる学園側からしてみたら、わたしが文学者や数学者、科学者や歴史上の偉人を知らないほうが、むしろ驚きで、よっぽど『なんとかしなきゃ』って危惧(きぐ)するような事態なんじゃないのかな——ほら、よく言うじゃない？『学校の勉強なんて、将来、いったい何の役に立つの？』って」

天才児くんから返事はなかった。だが聞いてくれているようだ。

「子供からしても子供っぽいと思うようなこの質問に、たとえば一定の理があるとして——ここは探偵っぽく背理法って奴で考えるとして、国語算数理科社会、英語や古典や漢文が、将来何の役にも立たないと仮定して。じゃあ、美術や音楽は、技術家庭科や体育は、将来、確実に役に立つって言えるのかな？　勉強をすることと対立する娯楽は——漫画を読むことやゲームをすることや友達と遊ぶことは、将来、役に立つって、胸を張って言えるのかな？」

天才児くんから返事はなかった。とは言え聞いてくれているようだ。

「逆に言うと、わたし達は別に、将来役に立つって思っているから、遊んでいるわけじゃないよね——『人間性を豊かにするから』って理由で、友達とコミュニケーションを取っているわけじゃないよね。結局、好みの問題で——好きで勉強をしている人に、『もっと映画を見るべきだ』って勧めることが、本当に文化的なことかって言われると、わからないよね。四角四面な長縄さんを救ってあげるみたいな上から目線で、芸術の素晴らしさを啓蒙(けいもう)するみたいな態度って、別の角度から見たら、傲慢(ごうまん)で嫌味で、超ダサいものでしかないよね」

天才児くんから返事はなかった。ただし聞いてくれているようだ。

「もしも音楽や美術が重んじられるようになったら、そのときはどうせ、逆ベクトルの動きが起こるんだろうなって思うと――子供達に文学や数学を取り戻せって動きが起こるんだろうなって思うと、ちょっと空しくもなるよね。そうやって自然に、バランスは取れるものなのかもしれないけれど……、すべての価値観は、主張や批難でしかないのかもしれないけれど」

天才児くんから返事はなかった。反面聞いてくれているようだ。

「終わりのない議論だとも思うしね。わたしが長縄さんの『教養のなさ』を糾弾するようなことを言ったとして、そんなわたしを、やっぱり無知だと責める声も聞こえてくるじゃない。わたしはベートーベンやゴッホを知っているけれど、だからと言って、知る人ぞ知る音楽家の誰それさんや、マニア好みの画家のなにがし先生に詳しいわけじゃないものね――お偉方はそんなわたしを、『その程度の教養もないなんて、芸術ファンも堕ちたものだ』なんてのたまうわけでしょう？　ブラウン神父も読んでいないなんてとか、エラリー・クイーンも知らないのかとか、金田一耕助をドラマでしか知らないなんてとんでもないとか、言っちゃうのと同じで――最近のゲームはCGばっかりで難し過ぎるとか、スマホゲームはジャンルが別だとか、遊びにまで教養を強要するわけじゃない？」

天才児くんから返事はなかった。逆に聞いてくれているようだ。

「わたし達中学生って、読書時間がどうとか言われがちじゃん？　一ヵ月に何冊本を読んだとか、でも電子書籍はカウントしないとか、漫画は本じゃないとか……、今の子供は本を読まなくなったとか嘆かれても、本を読むことが本を読まないことよりも『正しい』みたいに言われると、やっぱり暴力的だって感じるよね。読書家がそんなに偉いのかって思っちゃう――『本を読まなくなった子供』が、本を読んでいない時間に何をしているかまで調査しないと、そんなアンケートに意味はないじゃない。本を読まずにボランティアに精を出している中学生は、正しくないの？　勉強をすることと対立するのは、本来、芸術することじゃなくて、勉強をしないことであって、勉強をしないから遊んでいるわけじゃないし、反対に、遊んでいるからと言って、勉強をしていないわけでもないよね。わたし、何を言おうとしているんだっけ？　そうそう、つまり、わたしは長縄さんに、自分がされて嫌なことをしようとしているんじゃないかっていうのが不安なの――彼女が美術室のありかを突きとめて、不埒な遊びグループである美少年探偵団を壊滅させようとしているのと同じように、わたしは長縄さんから、音楽家や美術家を『知らずにいる権利』を、剝奪（はくだつ）しようとしているんじゃないかって……、そう考えると、もう、考えるのが嫌になってくるの」

「それは駄目だ」

天才児くんから返事があった。はっきりと。

「『知らずにいる権利』は、あるだろう。『無知でいる権利』も、きっとある。だけど、『考えずにいる権利』なんてものはない——まゆ。お前には、考え続ける義務がある」

俺達は学ばねばならないんだ。遊ぶのと同じように。

天才児くんはわたしに言い聞かせるようにそう言った——自分に言い聞かせるようにそう言った。

12 バニー会長

天才児くんの一人称が『俺』であることを、わたしは久し振りに思い出したが、それはともかくとして、時間を持たせるためにするには、わたしの相談内容(独りごと)は、いささか罪作りだったかもしれないと反省した——わたしとて、反省くらいはするのだ。特に、自分の葛藤(かっとう)を、押し付けてしまった場合には。

先輩を『まゆ』呼ばわりしたことは、だから寛容に許そう(『お前』呼ばわりのほうは許さん）。

中学生の身でありながら、その類まれなる有能さゆえに、一族が経営する財団の理事会での発言力さえ持つ天才児くん――指輪創作が、それでも美少年探偵団に属し、絵画や彫刻といった芸術活動に時間を使っているのは、決して暇潰しではないし、ストレス解消でもない。

あれらは彼にとって、必要で欠かせないおこないなのだ。

わたしにとって空を見上げることが、ある時期まで、せずにはいられなかったことのように――結果、わたしの人生はかなり台無しになってしまったわけで、『将来役に立つ』どころか、現在さえぐちゃぐちゃになっているのだけれど。

天才児くんは芸術家だから、いわゆる芸術科目が、必修科目よりも優れているというようなプレゼンをしてくれるんじゃないかとあらぬ期待をしたわたしが浅はかだった――勉強せずにはいられない子供がいるのと同じように、指輪創作は、芸術せずにはいられないだけである。

……そうなると、指輪学園が抱えていて、先代の生徒会長がなんとか進行を食い止めていた病巣とは、芸術科目が減らされることではなく――それは二次的な問題でしかなく、他に何もできなくなるくらいに、必修科目を過剰に強いる姿勢のほうだったのかもしれない。

　そこは新生徒会長として、考えねばならないところだ。

　考えねば。

　天才児くんの言いたいことと、わたしの理解にズレがあるのは間違いないし、気軽に相談していいようなことではなかったけれども、しかしお蔭で、少しだけ気持ちが楽になった——これから遊び人である札槻くんと向かい合うにあたって、後ろめたい部分がごっそりなくなった。

　美少年探偵団を守ること、美術室を守ることに。

　少なくとも迷いはなくなった。

『美学のマナブ』なら、こんなことでいちいち迷ったり、立ち止まったりしないんだろうな……、と思うと、我が身が恥ずかしくもあるけれど、しかし、こんな学びかたがあってもいいんだろうとは思う。

　わたしだからできる、美学の追究もあるだろう。

　さておき、そうやってわたしからの妨害活動を受けながらも、天才児くんはわたしを見事なバニーガールに仕立て上げてくれた——口を動かさずに手を動かすを地でいくアーティストは、わたしをバニー中のバニーへと変貌させてくれた。

マジで素材だな、わたし。

ただでさえ時間のないこのときに、わたしは生徒会室の壁に設置された姿見に見とれてしまって、予鈴のチャイム（8：25）が鳴るまで、呆然としてしまった。

こ、これがわたし⁉

の再来である。

バニー姿は二回目のはずだったが、天才児くん、ますます腕を上げたんじゃない？　と振り向くと、仕事を終えた芸術家は、音もなく生徒会室から立ち去っていた――仕事人か。

去ったと言うか、単に授業に向かったのかもしれない。

うん、まあ、芸術家と見做して意見を伺ったりしたけれど、別にあの子、普通に勉強もできるA組生だからな――普段の蛮行からうっかり失念しがちだが、天才児くんに限らず、美少年探偵団のメンバーは（生足くんや不良くんでさえ！）、成績優秀なA組生であることは、やはりゆめゆめ忘れてはならない。

文武両道、文藝両道の美少年たちなのだ。

芸術と勉強、どっちが大切なんだろう？　なんて迂闊なことを訊いたら、どっちも大切に決まってるだろうと叱られかねない――そういう意味じゃ、あんまり参考にならない参考意見しか、聞けそうにないな。

答は自分で出すしかないか。自分で動いて、自分で出す。

さあ、それじゃあ本鈴が鳴る前に覚悟を決めて、ウサ耳を翻し、ウサしっぽを揺らして、他校を訪問するために、バニーガール姿で公道に躍り出るとするかと、生徒会室から出立しようとしたら、自動ドアでもないのに、内開きのドアが向こうからひとりでに開いた。

危うくドアで頭を打ちかけたが、そこはバニーガールだけに、ぴょんと回避した——うまいこと言っている場合じゃなかった。ドアの向こうにいたのは、つまり廊下側から扉を開けたのは、さっきさんざん話題にしたばかりの長縄さんだった。

噂をすれば影が差す、どころか。

会長が副会長に刺されかねない状況だった。

13 潜入！ 髪飾中学校

そして二時間後、わたしは数ヵ月ぶりに、昼間には初めて、因縁の髪飾中学校の校内を闊歩していた——二時間後。

二時間後である。そう、十時半である。

指輪学園と髪飾中学校との距離感を思うと、まあ明らかに時間がかかり過ぎなのだが、その理由は、ちょっとした撮影会がおこなわれたからだと説明するのがもっとも端的である。

「眉美会長、やっぱりあなたはそういう人だったんですね！」

と、詰め寄られたときには、まだ何も成し遂げていないのに人生が終わったと思ったけれど、

「私の見込んだ通りでした、とても素敵です！　いえ、実は私もそうなんです！　そうやって色んな格好をするのが大好きなんですよね！　違う自分になれるみたいで嬉しいんですよね！」

と、まくしたてられ、なんだか様相が変わってきた——と言うか、完全に目の色が変わっていた。

怖いくらい目が据わっていた。

いったいどうして長縄さんは、先代の生徒会長に対するよりも強い忠誠心を持ってわたしに尽くしてくれるのか、不思議に思っていたけれど、どうやらわたしのドレスアップ術に魅せられていたらしい。

変身願望と言うか。

わかりやすく言うと、コスプレ趣味があるらしい。

ブログを見せてもらった。漫画やアニメのキャラクターの格好をした長縄さんの写真を見せてもらった——付き合いが深くなって新たな一面を知るを遥かに通り越して、隠された一面と言ったところで、正直、感想に困る露出度の写真もあったけれど、バニーガールの格好をして、女子中学生の風紀性を問うほどの矛盾もなかなかない。

なるほどねえ。

そういうことなら、男装して学校に通っている時点で、同好の士だと見なされていても不思議じゃない——しかも、入院中の長縄さんを見舞ったとき、つまり初めてお喋りしたときのわたしの『男装』は、本日のバニーガール姿と同じく、わたしの自助努力による『弟子の作品』ではなく、天才児くんの手にかかる芸術品バージョンだった。

わかる人にはわかる違いがある。

違いがわかる長縄さんだった——というわけで、真面目でエリートで雪女の長縄さんと一緒に一時間目をサボって、生徒会室でバニーガールの撮影会がおこなわれた。

十四年間浮かべたことのない笑みを浮かべ、十四年間取ったことのないポーズを無数に取った——この副会長、ケータイの付属カメラとかじゃなくって、嘘みてーな一眼レフを所有してやがった。

　ぶっちゃけ、由緒正しき生徒会室でこんなランチキ騒ぎを、自ら率先して起こしている時点で、長縄副会長に美少年探偵団を指弾する資格はないように思われたが、まあ、それを指摘したい気持ちよりも、(撮影会そのものはともかく)長縄さんのファンシーでファンキーな趣味を知れたことが嬉しかったりしたので、うん、まあ、ええ。

　直前まで天才児くんと話していた、悶々(もんもん)とした悩みが、更にいくらか解決した気になったのだ——音楽家も芸術家も知らない長縄さんのことを、詰め込み教育や暗記教育の被害者みたいに思う、くだらなくも増長した気持ちが消し飛んだ。

　趣味と言うか。

　彼女にも好きなものや大事なものがある。

　その事実が、わたしを勇気づけてくれた。勝手な思い込みで、勝手な思い入れなのだけれど、わたしがこれからやろうとしていることが間違っていないと言ってくれたようでもあった。

　だからってその写真、ブログに載せたら殺すからな。

　というわけで、待ち合わせの時間を大幅にオーバーして、わたしは髪飾中学校に到着したのだった——道中のことはよく覚えていない。コスプレと言えば、警察官のコスプレをした人に追いかけられたりしたけれど（なかなか凝ったコスプレで、パトカーに乗っていた）、視力を駆使して逃走に成功した。

まあ、長縄さんの変身願望じゃないけれど、ここまで普段と違う格好をすると、別人みたいに大胆に振る舞えるというのはあって、単身でライバル校に乗り込むという、普段ならば考えるだけで心が折れてしまいそうな大冒険も、ハイテンションのうちに達成できた。

存外札槻くんは、そういうつもりでわたしをバニーガール姿で呼びつけたのかもしれない——というような幻想は、校舎内の髪飾生達が、マジでみんなバニーガールだったことから（男子はスカジャン）、抱きようがなかった。

風紀が乱れまくっとる。

前回訪問したときは夜中だったから、こちらの学校が普段、どのように運営されているかというのは知らなかったけれど、なんだか噂以上と言うか、予想以上と言うか、単に異常と言うか。

いや、生徒総会で決定したという制服のことは（わたしも現在バニーガールになっていることから）さておくとしても、どう考えても授業時間帯のこのAM10：30に、生徒達が普通に廊下や階段にたむろしているこの図は、指輪学園ではおよそ考えられないものだった。

ちょっと覗いてみたら、一応、教室で授業もおこなわれているみたいだけれど、受けたい人が授業を受けていて、したい先生が授業をしているというだけの風で、なんとも校風が自由過ぎる。

自由と言うか。

あるいは無法地帯みたいだ。

カジノホールのイメージを、こっちが勝手に引き継いでいるのかもしれないけれど、同じ中学生のはずなのに、みんな大人びて見える——変身願望か。まあ、『学校の制服』っていうのも、子供を子供扱いするためのイメージ、象徴のようなもので、一種のコスプレと言えなくもない……、この辺、長縄さんならもうちょっと詳しい解説をしてくれそうだが。

ともあれ、ここまでテンション高く乗り込んできたわたしだったけれど、さすがに周囲がみんなバニーガール（と、スカジャン）になると、ちょっと引いちゃったところもあって、冷静になれた——自分がどれだけ大それた真似をしているのかを認識できた。

闊歩してたけど、もうちょっとこそこそしたほうがいいな。

生徒会室はどこだろう……、札槻くんに教えてもらうのを忘れていた。その辺りの生徒に迂闊に訊いて、よそ者だとバレたら（よその生徒会長だとバレたら）どんな目に遭うかわからないので、自分の足で探すしかなさそうだ。

自分の足と自分の目で。

札槻くんに電話をかけて助けを求めるのも癪だから。

眼鏡をバニー衣装の胸元に挿して（憧れ）、絡んできそうな生徒を避けながら、わたしは校舎内をあっちこっちにうろうろした――捕まったら最後だからね。

と思っていたら捕まった。

背後から押さえつけられ、空き教室に引き込まれた。

わー、最後だ♪

14 先行潜行員

他校に潜り込んでいる状況で捕獲されたにしては、わたしのノリが軽過ぎると思われたかもしれないが、押さえつけられた時点で誰に押さえつけられたか瞬時にわかり切ったので、団長直伝の余裕をひけらかす余裕があったのだ――土台、わたしの『良過ぎる視力』を避けるかのように、死角となる背後からアプローチしてくる時点で、推測も立とうというべきだ。

　言うなら『だーれだ？』みたいな感じで。

　慣れた手つきでわたしを空き教室へと連れ込んだのは、言うまでもなく不良くんだった。

「慣れた手つきって言うな。俺が普段から女子を空き教室に連れ込んでいるみたいな言いかたを即刻やめろ」

　口元を押さえつけられているから、どうせ喋れないっすよ。

　ただ、それを差し引いても、こうして口元を押さえつけてくれているのは、助かった
――だって、不良くんにスカジャンが似合い過ぎて、もしもそうしてくれていなかったら、爆笑せずにはいられなかっただろうから。

「そうだな。お前のバニー姿は笑えないもんな」

　苛立ちを隠そうともせずに、不良くんはわたしを強く睨んだ。

　こわっ。

　まるでわたしが単身で、団長の許可も取らずに髪飾中学校にやってきたのを怒っているみたいだ――怒るんだったらそのスカジャンを笑ったことを怒ってよ。

　お前には謝らないぞ。

大体、不良くんがどうしてここに？　番長の癖に真面目なあなたは、今頃、指輪学園で授業を受けているはずでは？

「俺はちゃんと団長に許可を取って来てんだよ。探偵団の、潜入調査だ」

あー。だからスカジャンを着ているんだ。

何か活動しているっていうこと自体は、先輩くんから聞いていたけれど……、沃野禁止郎くんについての調査で、髪飾中学校……？　ああでも、それはわたしも同じか。

期せずして、不良くんと行動が同期してしまったわけだ。

「同期してねーよ。スキップしながら浮かれて廊下を歩くお前の姿を見たときの、俺の気持ちがわかるか。浮かれたお前を見るだけでも最悪なのに、そいつがバニーガールだったんだぞ」

スキップしてましたか。こそこそしていたつもりでも、非日常の探偵活動に、根暗もはしゃいだ気持ちを抑えきれずにいたらしい——探偵に向いているんだか、向いていないんだか。

ところでそろそろ笑いも収まったから、手を離してもらっていい？

いくら『美食のミチル』だからって、いつまでも指を味わわせてくれなくてもいいんだけど？

「ったく。離してやるから、お前は話せよ。どういういきさつでお前がここにいるのか、ちゃんと説明しろ。目的と理由だ」

拘束されたものの、相手が仲間だったことがわかってほっとする場面のはずなのだが、要求されることは相手が敵対勢力だった場合と大差なかった。

目的――生徒会室？　理由――デート？

毒殺されるな……。

まったく、天才児くんも教えてくれたらいいものを――似合い過ぎるスカジャンは、きっと美少年探偵団美術班の手によるものに違いないのだから、バニーガールに仕立ててとわたしが頼んだ時点で、理由を説明するまでもなく、他校への潜入の意図は知れただろうに。

まあ、寡黙な後輩に詳細な説明は無理な要求か。

むしろ先行して潜行している不良くんや、作戦の指揮を取っているであろうロリコンにチクられなかっただけ、ここはありがたく思っておくべきだろう。

単なる無口の結果と言うより、以前、札槻くんとバス停で密会した際、わたしは生足くんからかなり真面目な説教を受けているので、天才児くんなりに、『まゆ』を気遣ってくれたのかもしれない。

結局発見されちゃったけどね！

「どうした。料理されてーのか」

決め台詞こわっ。

味方に捕まったほうがより恐怖って、どんなめくるめく展開なのよ。

「ケバブマシーンにかけてやろうか」

「中でもすごい料理をするね」

手をかけてくれて嬉しい。

「ふん。まあいいや。だんまりを決め込む気なら、このままお前を拉致(らち)って美術室に連れ帰って、ヒョータに叱ってもらうから」

的確にわたしが一番嫌がることをしてくるね。

拉致ってとか言われると更にブルっちゃうけれど、いかん、このままでは、『振り出しに戻る』エンドだ——一時期はやったループものみたいな展開になってしまう（ならない）。

一番安全で、一番健全なエンドではあるけれど、しかし、そうなるとわたしは、意味もなくバニーガールの格好をして、意味もなく長縄さんに激写され、意味もなく他校に侵入した挙句、意味のあるお叱りを受けるだけの今日に終わってしまう。

わたしの人生にそんな一日があっていいはずがない。

なんとか起死回生の一手を打たないと。

ライバル校に忍び込む行為が、単なる肝試しで完結する——駄目だ駄目だ、今、試すべきは心臓ではなく頭脳なのだ（まあ、心臓も試さなきゃね。番長相手にタイマンを張ると言うような）。

「ね、ねえ、ちょっと待って不良くん。さっき、団長の許可を取って来てるって言ったよね？　でも、それっておかしくない？　わたしが知る限り、沃野くんに関する調査は、昨日の放課後の時点で打ち切りになったはずなんだけど？」

「…………」

お。手ごたえあり？　苦し紛れのぐるぐるパンチが顔面ヒット？

だけどわたしは確かに聞いたのだ。昨日、団長は先輩くんからの報告に対して、『これ以上の深追いは美しくない』と結論づけていた——美しくない。

い、い、い、美しくない。

それは美少年探偵団においては、最大のNOである。

「さあ、美術室に帰って叱られることになるのはどちらかな？」

どちらかと言えばわたしだろうし、おはなしが最大限に都合よく転がったとしても、どちらも叱られそうだったが、しかし不良くんはクズからの思わぬ反撃に、たじろいだようだった——心底鬱陶しそうにわたしを見る。

ふっ。そんな視線に屈するわたしだとでも?

「……まあ、調査が打ち切られてんのはその通りだよ。さっきの言いかたは正確じゃなかった——俺が『今日』、『授業中に』ここにいることは、ソーサクしか知らねー」

そりゃあご同慶の至りですわ。

なるほど、わたしをバニーに仕立てたあと、やけに素早く姿を消したと思っていたけれど、彼にはあとの予定が入っていたのか——スタイリストは大忙しだ。

わたしは天才児くんを一時間待たせただけじゃなく、連動して不良くんも待たせてしまっていたらしい——罪な男装女子だね。

で、その遅れを不良くんは、わたしが長縄さんと撮影会を開いている間に取り戻し、追いつき、先に目的地へと潜入していたというわけだ——番長にスケジューリングで負けてちゃあ世話がない。

と言ったところで、不良の割に意外と出席率の高い不良くんが、どうして授業をサボタージュしてまで潜入調査をしていたのかも、同時にはっきりした。だって、団長が調査の終了を宣言した以上、放課後にはおおっぴらに活動しにくいもんね。

長縄さんは撮影会、不良くんは潜入調査と、エリート集団だと思っていた二年A組に、サボりが多いことも、まあまあの新発見である——と言うわけで。

「どうよ。ここは手を組まないかい、不良くん」

提携を申し出た。今回はソロ活動のつもりだったが、こうなってしまえば、わたしのほうからは選択の余地がなかった——実際に単身で乗り込んでみると、そうそうに行き詰まってしまったことも確かだ。

美術室の場所がわからない長縄さんのことを何も言えないくらい、わたしは髪飾中学校の生徒会室の場所がわからなかったけれど、何日も前からスパイ活動を続けている不良くんなら、当然、把握しているに違いない——指輪学園の平和を裏から担う番長にとって、たとえ沃野くんのことがなくっても、髪飾中学校の生徒会長は、常に要警戒対象であるという事情も加味すれば。

「それが合理的なのはわかるけれど……、ここでお前と手を組むのは……、なんとなく嫌だな……」

なんとなく嫌って。普通に嫌われ始めてるじゃん。

まあ、わたしには選択の余地がなくっとも、不良くんのほうにはあるのだ——調査ではなく、あくまでわたしの身の安全を最優先に考えるという選択肢が、彼の前にはある。

「か弱い女の子を心配してくれるのは嬉しいけれど、わたしだって戦いたいの！」

「健気(けなげ)なヒロインぶるな。バニーガールの格好をしている奴を、俺はか弱いとは思わん。俺の今の気持ちをちょっとは想像しろ。ああ、もういいや。俺はそんなクズと手を組めばいいんだろ?」

諦め気味に言われましてもね。

わたしのことを『守る必要がない』と判断しただけかもしれない——結果オーライとはとても言えそうにないけれど、どうやら振り出しに戻らずには済んだようだった。

落ち着いてみると、ここは空き教室ではないようだった。

随分都合よく、バニーガールを連れ込むスペースがあったものだと思ったけれど、普段使われている教室のようで、どの机にも鞄(かばん)は引っかかっているし、黒板には最近使用された痕跡もある。単にこの時間帯（三時間目？）は、先生は休講で、生徒は自主休講しているだけという風だった——返す返すも自由な校風だなあ。

これでいいのかとは思うけれど。

まあ、逆に言えば、次のチャイムが鳴るまでは、この教室で不良くんと話していても、問題なさそうだった……、秘密の打ち合わせには向いている。

「手を組む以上は、情報を共有しようぜ。俺がこの中学校に来てる理由はお察しの通りで、さっき話した通りだけれど、お前はなんでいるんだ？　可愛い制服を着てみたかったからって理由か？」

そんな意地悪な絡みかたをするなら、うちの番長はバニーガール見たさに髪飾中学校に日参していたというデマを流布するぞ。とは言え、とぼけるのが簡単そうな状況ではない。

折角、共同調査の内諾が取れたというのに、ここで往生際の悪あがきをするのも、スマートとは言えない……、長縄さんの件がどこまで共有されているのかを知るためにも、わたしは洗いざらい自白した。

探偵じゃなく、犯人側の行動である。

生徒会長就任祝いに大きな花束が届いて——その中に子供ケータイが仕込まれていて、札槻くんからデートに誘われて——断って——副会長の長縄さんが悪名高き美少年探偵団潰しを提案してきて——音楽室に連れて行くことでその場を凌いで——美術室からの撤退は難しくて——団長が直々に逃走案を却下して——だからわたしはステルス素材を欲し、札槻くんに再び電話をかけて——

「そしてバニーガールになってここにいるの」

「そのあらすじ、五コマくらい飛ばしてねーか？」

飛ばした。特に長縄さんの秘密の趣味については。

天才児くんにメイクを手伝ってもらったことは言うまでもないだろうし、端折るべきは端折らないと、走馬灯を見ているんじゃないかと勘違いしてしまうぜ。

「なるほど。お前なりに考えてのことだったのか。お前なりに。お前にしては考えたほうだったな。お前にしては」

ちくちく来ますな。怒りが冷めやらないらしい——けれど、一応は美少年探偵団のことを考えてのアクションだったことは伝わったようで、頭ごなしに怒られることは、もうなさそうだった。話せばわかるとはこのことである。

「長縄か。やれやれ、困った奴だぜ。あんな生真面目で融通の利かない奴も、そうそういねーよな」

そうでもないけどね。

いや、『いない』という意味では、その通りかもしれない。

二年A組のクラスメイトとして思うところはあるのだろうが、よければブログを見てやってください。

「けど、だったらお前は一刻も早く生徒会室に行かなきゃならねーんじゃねーのか？　こんなところでのんびりしてないで」

「自分で連れ込んで事情聴取をしておきながら、その言いかたはないでしょうと言いたいところだけれど、不良くん、お願いですから生徒会室の場所を教えていただけませんか？」

「遅刻への焦りを隠し切れてねえじゃねえか」

なんだかんだで、本来の待ち合わせ時間から、三時間以上が経過しようとしている——寝坊やスタイリングや撮影会も問題だったが、意外と到着後に道に迷ったことでも時間を食った。

髪飾中学校においては授業時間も休み時間もあってないようなもののようだから、その辺への配慮はいらないにしても、もう『いい女はデートに遅れていくものよ』なんて理論が通じる遅刻の規模を越えている。

三時間って。

『時差の関係』以外の言い訳が通用しない大遅刻である。

また怒られる。また無言で怒られる。

「不良くん、わたしの代わりにバニーガールの格好をして、生徒会室に行ってきてくれないかな？」

「ふざけろ。この本のタイトルが『放課後！　バニー団』になっちまうだろうが。講談社タイガのラインナップから外されるわ」

新レーベル、講談社バニーが発刊されるかもしれない。

「さっさと行くぞ。同行するわけにはいかねーが、ドアの外で控えといてやるから。何かあったらすぐに飛び込んでやるよ」

何かあってからではとっくに手遅れかもしれないけれど、でも、眼鏡を外したわたしの目ならば、ドアの外にいる不良くんの姿を目視することができる……、心強さは段違いだ。

「行くしかないね。なあに、失うものはないんだから」

「この大遅刻だけでも信頼は相当失っていると思うし、バニーガールの格好を不本意に強いられている時点で、他にもいろいろ失ってるんじゃねーのか？」

「大丈夫、バニー姿については、結構楽しんでる」

「なんて奴だ」

「それより、不良くんの調査のほうはどうなの？　団長やロリコンの意図に反して調査を続けて、何か得るものはあったの？　一匹のバニーガール以外に」

「外れのバニーガール以外にか？」

「外れって言った？　わたしを？」

「生徒会室、ここからそこそこ遠いからよ。俺のほうの現状は、移動しながら喋ろうぜ——なあに、指輪学園の生徒会長がバニー姿で潜入しているなんて、一般生徒は思いもよらないだろうよ」

そうだね。

言いだしっぺの札槻くんにしたって、今頃、わたしがそれが嫌で怖気づいたと判断しているかもしれなかった。

15 校内観察

「まあ結論から言うと、成果は上がらなかった——何のとっかかりもなかったんだから、何のとっかかりもなかったと言うしかねえ」

その一言で終わるんだったら、別にあのまま教室で言ってくれてよかったと思ったけれど、不良くんとしては、あれだけわたしの無茶無謀を責めたてた手前、一服入れないことには、その無成果を言い出しにくかったのかもしれない。

もう、見栄っ張りなんだから！

ただ一方で、バニーガールの格好をしながらも内心チキンなわたしに言わせれば、一緒に歩くスカジャンがいるというだけで、廊下を歩く安心感は先程までと劇的に違った。おどおど挙動不審になることも、スキップしていたと評される、変なテンションに舞い上がることもなく、比較的平静なコンディションで、歩を進めることができた。

バニーなわたしはともかく、スカジャンの似合い過ぎる不良くんが目を引くので、注目度はあがってしまっていたけれど、そこは彼の生来の威圧感をいかんなく発揮することで、髪飾生の間をとどまることなくすり抜けるのだった。

「そもそもなんで不良くんは、沃野くんを調べるために、この学校に潜入しようと思ったの？　ことの発端は？　札槻くんが沃野くんのことを知っているかもしれないって、どう推理したの？」

「そんな推理はしてねーよ。ただ、ナガヒロが生徒会長時代に仕入れていた情報に、今にして思えば、引っかかるものがあったらしくてな」

「引っかかるものがあった？　あの過去の男が？」

「過去の男って言うな。どんな増長の仕方だ、現生徒会長」

廊下に出たので小声でのトークである。

小声だからついつい失言が飛び出してしまった。失脚に繋がりかねない失言だったが、改めて調べたことではなく、過去の男が過去に収集していた情報の中に引っかかるものがあったらしいというのがなんとも、普段からデータマイニングをおこたらない先輩くんならではだ。

問題が起こってから慌てて対処しようとするわたしとは位が違う——過去の男は。

「具体的には、『トゥエンティーズ』とチンピラ別嬪隊との関係性を探ってたことがあっただろう？　そのときに、まあ、髪飾中学校の生徒会長、札槻嘘についての調査もおこなっていたそうなんだが……、あいつが今期、生徒会長になるときに競った対立候補に、妙な奴がいたそうなんだ」

「妙な奴？　どのくらい妙だったのかしら」

「バニーガール姿の瞳島眉美ほどには妙じゃなかっただろうし、結局のところ、落選した奴だからな。そのときは、そんなに気にしなかったそうなんだが、自分の中学校の選挙戦で、ああも思わぬ苦戦を強いられてしまうと、考えかたも変わるらしい」

「クズみたいな女子を自分の後継者として指名しなきゃいけなくなったりすると、そりゃ考えかたも、価値観も人間も変わるでしょうね」

「自分で言うな。要するに、札槻嘘ほどの人材がいるにもかかわらず、対立候補がいたこと自体が、そもそもおかしいんじゃないのか——と、あいつは強引ながらも仮説を立てたわけだ」

んん。確かに、それは経験則である——長縄さんが交通事故に遭っていなければ、選挙戦なんてする必要もなかったくらいのワンサイドゲームになっていたであろう指輪学園の、あの激戦——と言うか、混戦と言うかを知っていると。

そして制服をスカジャンやバニーちゃんにしてしまうほどの支配人である札槻くんの支配力を思えば——こうして髪飾中学校の校内を徘徊してみれば、彼と選挙戦で競うなんてのは、ほとんど自殺行為みたいなものであり。

そんなの、『妙な奴』で済むレベルの対立候補ではない——それでもその程度の印象しか残していないことが、異様なのである。

妙ではなく、奇妙なのであり——その絶妙な没個性。

わたし達の対立候補を思わせてくれるじゃあないか。

「つまり、指輪学園で生徒会長に立候補する前に、沃野くんは髪飾中学校でも生徒会長に立候補していたっていうの？　何のために？」

まさしく『何のために？』だ。

意味がわからないんじゃない、意味がない。

ウォークラリーでスタンプでも集める感覚で、あっちこっちの中学校で生徒会長になろうとでもしているのか？　それって、何の記念だ？

「決めつけたもんでもねー。あくまで、ただの推論だ——札槻の野郎の対立候補の名前が、沃野禁止郎だったわけでもない」

それを言ったら、わたしの在籍する二年B組に、『こんな奴、クラスにいたっけな？』みたいな感覚で隣の椅子に座っていた沃野禁止郎くんにしたって、その沃野禁止郎という名前が本名だったとは、今となってはとても思えない。

「もちろん、選挙で敗北したあとは——現状、札槻くんが生徒会長になっているってことは、落選したんだよね？　——元からいなかったかのように、その生徒はいなくなっちゃったんでしょ？」

「まさにその通り。お前の推理は外れたことがないな」

「わたしを褒めてる場合？」

「皮肉を言ったんだ。そんな場合でもないが。ただ、指輪学園だけじゃなく、そして髪飾中学校だけじゃなく、本当に『あっちこっち』の中学校で生徒会長になろうとしていたとするなら、それに気付くことは難しいだろうな」

正にその通り。不良くんの推理は外れたことがない（あながち皮肉でもない）。

だって、咲口長広（の、後継者）や、札槻嘘といった、絶対的強者を相手にしたからこそ、あの没個性は際立ったけれど、ごく普通の中学校の選挙戦においては、あの『妙な奴』は、ごく普通の中学生でしかないのだから。

その実態が、たとえ中学生かどうかさえ怪しい何かだったとしても。

「気の回し過ぎかもしれない。そんなことをする理由がないのも間違いない……、現実性があるのかどうかも怪しい。実際、指輪学園でも髪飾中学校でも、同一人物かもしれない『対立候補』は、落選しているわけだし」

「何にしても目的は果たせていない、ウォークラリーは達成できていないってことだよね」

「そこも不明だ。だって考えてもみろよ」

「ずっと考えてるわよ！」

「キレどころがどこなんだよ。バニーガールの注目を集めるな。もしも『妙な奴』の目的が生徒会長になることだったとするなら、あいつの選挙戦略は、かなりいい加減だったと思わないか？　いい加減だし、その癖、リスクも高かった。乱暴だった。長縄のこともそうだし……、お前のことも、轢こうとしたり」

「………」

そこは同意しにくい。同意しにくい事情がある。

あまりにおぞましくて、気のいいメンバーには、詳しくは話せていない戦略を、沃野くんは秘めていたからだ——わたしのようなクズだけが知っていればいいようなディープな計略を、彼は企図していた。

もっとも、それを含めて考えても、あの対立候補がテキトーだったことは間違いない——そのテキトーさこそが彼の肝であり、戦いにくい部分であり、全体だった。

「ひょっとして、沃野くんは立候補して、選挙戦をかき回すこと自体が目的だったのかもしれないってこと？　当選するかどうかは二の次で……、そういう意味で、目的は完全に達成されているかもしれないって、不良くんは言いたいの？」

それだって意味不明のウォークラリーであることに違いはない……、ただ、彼のような男の『目的が達成されている』というのは、それだけで生理的な嫌悪感が催される事態だった。

彼の言葉が思い出される。

『俺は「何の取り柄もない、どこにでもいる平凡な中学生」だよ。ほら、ライトノベルのあらすじとかによくいる奴……、平凡に生きてて、平凡に勉強ができたりできなかったり、平凡に運動ができたりできなかったり、平凡に好かれてたり嫌われてたり、そんで、平凡に、ものの弾みで人を殺しちゃう奴』

目的……。

「俺みてーな奴の想像が及ぶのはそのレベルだが、ナガヒロくらいになると、更にもう一歩奥まで、考えてやがったぜ」

「まだ考える余地があるっていうの？　だとしたらわたしは、何も考えていなかったわ」

「あれだけ盛大にキレておいて、前言撤回が早過ぎるだろ。……けれど、この仮説を聞いたら、またお前が激昂（げっこう）するんじゃないかと思うと、おいそれとは口にしづらい」

「？　わたしが激昂？　月光浴の似合う女だとはよく言われるけれど、激昂したことなんて、前世でもないわよ」

「そりゃあお前の前世、感情のない深海魚とかだもんな」

　勿体（もったい）ぶってくれるが、その比喩（ひゆ）表現のほうに激昂しそうだった……、いいからさっさと教えてよ。正直、沃野くんの内部に切り込む仮説なんて、望んで聞きたいものではないけれども、札槻くんとの面会を前に、気を散らしたくなかった。

「沃野禁止郎と、髪飾中学校の対立候補が同一人物だったと仮定して、その目標は頓挫（とんざ）せず、達成されているというところも同じなんだが……、もしかすると『妙な奴』の目的は、生徒会長に当選することではなく、そして立候補する時点で達成されているわけでもなく」

　自分が対立候補になることで任意の生徒を生徒会長に祭り上げることだったんじゃない

かって――ナガヒロの野郎は言っていたぜ。
その推理に――わたしは激昂した。

16　自由な校風

いや、まあ、あとから思えば怒るほどのことではなかったかもしれない……、冷静になって受け入れるべき仮説だと言われればそうだろうし、一理あることを認めないわけにもいかない。

確かに、沃野くんが対立候補だったからこそ、わたしが生徒会長になったのだという理屈に付け入る隙はないし、また札槻くんの当選は、『妙な奴』が仮想敵として出現したからこそ、より盤石のものになったという見方はできよう。

ただ、なんだか侮辱されたみたいな気持ちになった。

祭り上げられた道化扱いが侮辱なんじゃなくって、わたしを生徒会長にするために協力してくれた、美少年探偵団のメンバーや、長縄さんやオドルさんや、支持してくれた生徒の票が、侮辱されたみたいな気持ちになった――わたしをこんなエモーショナルな気持ちにさせるなんて。

何もかもが台無しにされたようだ。

「許せないわ、過去の男」

「いや、ナガヒロが悪いわけじゃないぞ」

不良くんが先輩くんを庇うという珍しい展開を生んでしまった——確かに、だとすれば責めるべきは沃野くんだし、それに、それが真実だとすれば、矛盾する箇所も皆無ではない。

あくまで仮説だ。

ただ、現実に即して考えるなら、『あっちこっちの中学校』で同時に生徒会長を務めることなんてできっこないんだから——いくら『没個性』として、どんな中学校にも馴染めるとしても、複数の中学校に同時に在籍できるわけがない——生徒会長に、本気でなろうとしていたわけじゃないという仮説はしっくりくる。

選挙戦に参加すること自体が目的だったり——立候補することで、選挙戦をコントロールすることが目的だったり、そういう仮説のほうが……、だとすれば。

だとすれば？

わたしや札槻くんを生徒会長にすることに、どんなメリットがあるというのだ？　札槻くんについては、他校のことだから何とも言えないけれど……、長縄さんでなく、他の候補者でもなく、わたしが生徒会長になることに、どんな社会的な意義がある？

「だから、わかんねーんだって。潜入調査の結果は、あがってねーんだ。沃野の野郎が、どこかの中学校で、現在進行形で立候補しているんじゃないかってアプローチもしてみたんだが、その様子もなかった……、そりゃそーだよな。一月なんかに選挙戦をやってるとぼけた中学校は、指輪学園くらいのもんだ」

そうだった、わけありでそうだった。

なにせ先代の生徒会長が優秀過ぎて、みんなが次なる生徒会選挙をおこなうのを忘れていたというぶっ飛びのエピソードだった——つまり、なんにせよ沃野くんのプロジェクトは、成功だったにしても失敗だったにしても、指輪学園での選挙戦をもって、完結しているのである。

少なくとも今年度は。

「ま、どうしても気がかりで、こうしてひとり、調査を続けてはみたものの、得るものはなさそうだな——バニーガール姿の眉美くらいしかなさそうだな」

「それが得られれば、すべてを得たのと同じじゃない？」

「何もしてないのと同じだ。だから、俺ももうやめるわ。徒労でしかない」

わたしをきっかけにやめられても。

まあ、女子がバニーガール姿で乗り込むのと同じくらい、不良くんが単身、ライバル校である髪飾中学校に潜入し続けるのも危険なので、撤収するきっかけになれたというのであれば、それは光栄だと思っておこう。

身体を大事にして欲しい、紅茶のためにも。

わたしの紅茶のためにも！

真面目な話、不良くんを見ていると、自分がどれくらい危ういことをしているのかもじわじわ実感できてきた。人の振り見て我が振り直せ。言葉より態度で示すあたり、古き良き時代の番長である。

「ただ──短期間とは言え、こうして髪飾中学校の生徒の振りをして、青春を過ごしてみると」

不良くんは独り言みたいに言った──推理と言うより、単なる個人の感想のように、校内に溢れるスカジャンやバニーガールを、目を細めて打ち眺めながら。

「自由な青春を謳歌してみると、沃野の野郎がやろうとしたことが、なんとなくわからねーでもなくなってくる気もするんだよな──たとえ気のせいにしても、気持ちの悪いことに」

17　生徒会長会談

「ようこそ、瞳島眉美さん。瞳島眉美新会長。ご無沙汰しておりました――お待ちしておりましたよ。やはりお似合いですよ、バニーガール」

到着したときには既に正午に差し掛かっていたので、さすがにもういないだろうと思っていたけれど、あにはからんや、札槻くんはその部屋で、わたしを待ってくれていた。

その部屋。

つまり髪飾中学校の生徒会室なのだけれど、プレートに『生徒会執行部』と書いていなければ生徒会室だとは思えないくらい、そこは風変わりな空間だった。

異次元に迷い込んだかと思ったくらいだ。

指輪学園の生徒会室と違い過ぎる。

まず、デスクワーク中心の生徒会室のはずなのに、机がひとつもなかった――そして、その代わりと言うにも多すぎるほど、部屋の中はぎっちり椅子に満ちていた。

ありとあらゆる椅子にだ。

回転椅子、肘掛け椅子、手作り感あふれる木製椅子、パイプ椅子、硬質なスツール、ビーズのクッション、革張りのソファ、四角い箱みたいなの、公園にあるみたいなベンチ、バス停にあるみたいなベンチ、マッサージ椅子、安楽椅子、三脚椅子、時代がかった古びた椅子、買ったばかりみたいなぴかぴかの椅子、脚の先にキャスターがついている椅子、脚の先にキャスターがついてない椅子——え、あれ、まさか電気椅子？

とにかく、椅子、椅子、椅子、椅子、椅子だった——椅子の販売会にでも紛れ込んでしまったかと思った。

生徒会室はともかく、指輪学園の美術室も、現在問題になっている通り、ならず者達の手によって、かなり大胆に改築・改造されているけれど、こうして比べてみると、あれはあれで意外と伝統と格式を重んじている——あくまで相対的にだが。

「どうぞ？　眉美さん。お好きな椅子に腰掛けてください」

四時間に及ぶわたしの遅刻を責めるでもなく、紳士的にそう促す札槻くんは、縦に置いた大きめのアタッシェケースに座っていた——そうしていると、まるで空港で飛行機を待っている、出張中のビジネスマンみたいだが、まあ、それはそれで椅子か。

遊び人だとばかり思っていたけれど、札槻くんには椅子コレクターの側面もあったのだろうか？

世の中にはいろんな趣味があるなあと思いつつ、わたしは言われるがままに座ることにした——いくつかの椅子をなんとなく跨いだり適当に素通りしたりした末に、わたしはビーズクッションを選んだ。

ふかふかだ。

「ほう。それを選びますか」

札槻くんは興味深そうに言った——面白がるように言った。

え？　何？　このクッション、爆弾とか仕込まれてるの？　そんな、爆発したら、わたしが細かいビーズだらけになっちゃうじゃない！

「ところで、札槻くんはスカジャンじゃないんだね」

「僕は特例ですから」

のうのうと抜かしおるわ。

さりとて、じゃあ元々の通常制服である学ランを着ているのかと言えばそんなこともなく、中学生とは思えない貫禄のある、仕立てられたスーツ姿だった……、部屋の独特の雰囲気もあいまって、新進気鋭のＩＴ企業に潜り込んでしまったかと思うくらいだ。

他の役員の姿もないし……、ひとり生徒会かな？

そんなことを思ったわたしの心理を読むように、「おひとりなんですね、眉美さん」と、札槻くんは切り出して来た。

「てっきり、お仲間といらっしゃるものかと思いました——それで時間がかかっているのかと」

ふむ。わたしの遅刻をそう読んでくれたのか。

デートを断られたら気分を害する割に、四時間待たされても、むしろご機嫌な風なのは違和感だったけれど、わたしとの駆け引きを楽しんでいたのか——申しわけない、ただの遅刻です。

怒られるのが嫌で仲間には秘密で来ました。

一応、ドアの外にボディーガードが控えていますが、それは計画外でした。

「いえいえ、ふたりきりになれて嬉しいですよ」

どこまで本気かわからないことを言う。

単に与しやすいと、軽んじられたとも取れる。

軽んじられる……、与しやすい生徒会長。

「…………」

「おや？　どうしました？　眉美さん。椅子の座り心地がいまいちでしたら、替えてもらって結構ですよ？」

「いえ……、座り心地は最高です。わたしの選択に狂いはありませんでした。でも、どうしてこの生徒会室、こんなに椅子があるんですか？　みんなで椅子取りゲームをやって遊ぶとか？」

「椅子取りゲーム——それもいい」

咄嗟に茶化したわたしの言葉に、意味深にそう呟く札槻くん。

そして「ただ、これは僕の趣味ではなく、単なる心理試験ですよ」と続けた。

心理試験？　人間椅子じゃなくって？

「人間椅子——そうかもしれません。一口に椅子と言ってもいろいろあって、どういう椅子を好むかで、その人間はおよそ計れます」

「へえ」

心理試験と言うより、心理テストみたいだな。道を歩いていると、目の前に動物が飛び出してきました。その動物は何でしょう？

「つまり、ふわふわのビーズクッションを選んだわたしは、ビーズクッションのように、誰をも包み込む優しさを備えているってことだよね」

「ぜんぜん違います」

ぜんぜん違うらしかった——まあ、自分で言っていても、ぜんぜん違うって思いましたとも。

それで言うなら、アタッシェケースを椅子として座っている札槻くんの心理状態も、なかなか計りがたいものがあるけれど……、この辺は演出と言うよりも、遊び人の遊び心と言うべきなんじゃないだろうか？

「遊び——ちなみに、この遊びを始めて以来ビーズクッションに腰を下ろしたのはあなたが初めてです、眉美さん」

　そんな不人気な椅子を選んじゃったの、わたし？

　アウトローだなあ。

「いえいえ、そこまでリラックスしてくれて嬉しいという意味です。では、早速本題に入りましょうか？　会長同士の悪巧（わるだく）みをさっさと終えて、デートにでかけましょう」

　軽口みたいに言いますけれど、午後だって授業はあるはずだよね？

　遅刻した手前、それにわたしも学校をサボって来ている手前、そこを指摘するわけにもいかないけれど、ここでずっと待っていたってことは、札槻くんも普通に、一コマたりとも授業に出ていないよね？

「うん、デート楽しみ！　ステルス素材、早く頂戴（ちょうだい）」

「お望みの軍用兵器は、この中ですよ」

　札槻くんは自身が座るアタッシェケースを指さした。

「欲しければ僕を先に、立たせてみせることですね」

変な椅子取りゲームを提案された——まあ、持って帰りやすいようにトランクに詰めてくれたというわけじゃなさそうだが……、と、わたしはさりげなく眼鏡をズラし、『良過ぎる視力』を発動させる。

漫画的なスキルとかじゃないので、発動も何も、レンズを通さなければ普通に透けて見えるだけなんだけれど……、確かに札槻くんが座るアタッシェケースの中身は、札束でも銃器でもなく。

どころか、空っぽに見えた。

空っぽに見えるということは——つまり、本当に空っぽか、わたしの視力でも見えないようなアイテムが詰まっているか、どちらかだ。

「………………」

ついでと言ってはなんだが、這入ってきたドアのほうも見た——うむ、スカジャンの番長が有事の際にはいつでも飛びこめるように、控えてくれていた。

番長と言うかこうなると忍者みたいな立ち位置だが、彼がそこにいてくれるおかげで、わたしは迷わずビーズクッションを選べるほどにリラックスしていられることは間違いないだろう。

「愛してるよ、不良くん！」

「どうしました。急に愛を叫んだりして」

壁の向こうに声が届いているかどうか実験してみました——ずっこけてやがる。

わたしの視力が今日も快調で、順調に失明に向かっていることも確認できたところで、『早速、本題に』入ろうか——まあ、わたしにとっての本題は、既に終わったも同然なのだけれど（わたしが会談に応じた理由は、基本的には美術室の保護以外にはない）、ここまできて、そしてさっきの不良くんの話を聞いて、沃野くんの話をせず帰路につくわけにもいかない。

「美少年探偵団も、選挙に勝利し、それですべてが終わったと考えるほど、楽天的ではないでしょう——その後も独自に彼についての追跡調査はおこなっているはず」

ですよね？　と訊かれ、わたしは、「ふっ。お見通しのようね」と肩をすくめた——追跡調査がおこなわれていることをわたしが知ったのは、つい昨日のことです。仲間外れにされていることがバレると恥ずかしいので、ここは思い切って堂々と振る舞う。まあ、わたしが堂々としているときは、だいたい嘘をついているときだ。

本当のことほどおどおど言う傾向がある。いい傾向ではないね。

「ならば、この髪飾中学校における生徒会選挙でも、似たような戦いがあったことは、既にご存知と見てよろしいですか?」

「見くびらないでよ、当然じゃない(堂々と)」

ただし、これは嘘でもない。さっき不良くんに会って聞いていなければ、この会談でどんな間抜けなやり取りがおこなわれたかと思うと、青ざめずにはいられなかった——バニーガール・ファッションで青ざめるって、情緒不安定過ぎるだろ。

「だからこそ、この会談の席を設けたというわけよね(堂々と)?」

「ええ。一応、沃野くんが——我が校において『彼』は違う名前を名乗っていましたが、わかりやすさを優先して、ここは沃野くんで通しましょう——参戦したとおぼしき生徒会選挙がおこなわれた中学校には、あまさず声をかけてみたのですが、残念ながら、情報が不正確だったこともあり、応じてくれた学校はありませんでしたね。眉美会長、あなたの他には」

なんだ。わたしだけを誘ってくれたわけじゃなかったのね。

がっかりするようなことじゃないし、むしろほっとするべきところなのに、ちょっと拍子抜(ひょうしぬ)けみたいな気分を味わわされた——デートを断られてむっつりしていたのは、なるほど、あらゆる生徒会から会談を断られ続けていたからか。

まあ、人見知りなわたしとしては、これらの椅子がすべて、各校の生徒会長で埋まっていたらと思うと、気後れして萎縮せずにはいられなかっただろうから、そういう意味では、わたしもふたりきりが嬉しかった——ドアの外に忍者がいるけど。

「気にしないほうがいいって、札槻くん。理由もなく嫌われることって、よくあるから」

「慰めるのが上手か下手か、眉美さんがこれまでどんな青春を送って来たのかはさておくとして、僕が嫌われているからサミットが成立しなかったと言うのならまだいいのですがね——そうでなかったケースこそ、気にせずにはいられません。ですから、こうしていささか強引に、眉美さんをお招きしたというわけです」

本当ならば軍用兵器など、眉美さんにならただでさしあげてもよかったんですよ——と、札槻くんは、これまたどこまで本心かわからないことを言うのだった。

どこまで本心かわからないふたりの生徒会長の会談なんて、廊下で聞かされている不良くんは本当に災難だと思った。同情を禁じ得ない（おどおどと）。

でも、生徒会長が集まらなかったことが気になると言うのは、気になる言い草だった——思わせぶりに喋るのは札槻くんの癖みたいなものだろうから、いちいち気にするべきじゃあないのだろうけれど。

「でも、札槻くんは選挙に勝ったわけでしょう？　だったらそんなに気にすることないんじゃない？」

主導権を握りたかったので、挑発するように、わたしはそんなことを言ってみた——こちらの状況もほぼ同じであることを思うと、見え見えの挑発にも程があったけれど、わたしごときに挑発されるという屈辱に、普通の美形は耐えられないはずである。

美形が仇になったと叫びながら死ぬがよい。

「勝ったことが問題だったのかもしれません——眉美さん。腹を割って話しましょうよ。僕のような遊び人が、生徒会長に向いていると、本当に思いますか？」

果たして、挑発に乗ったのか、それとも予定通りにデートプランを進めているだけなのか、札槻くんはわたしにそんな質問を投げかけてきた——札槻くんが生徒会長に向いているかどうかだって？

「えーっと、先輩くん……、じゃなくてロリコン……、じゃなくて咲口先輩は、札槻くんが生徒会長になって以来、髪飾中学校は統制が取れたって言ってたよ？」

「先代の生徒会長のことを何と呼称しようと眉美さんの勝手ですが、ここでは先代の生徒会長ではなく、眉美さんの意見が聞きたいですね。僕が生徒会長に向いているのかどうか」

「む、む、向いて、いないんじゃ、ないのかな……？」

おどおどと。

わたしは答えた――いやまあ、トップとして君臨する能力は比類ないし、先代の生徒会長こと過去の男に匹敵するだけの生徒会長だとは思うけれど、だけど公職に就くには、問題の多い人物だと言わざるを得ない。

遊び心と支配力が強過ぎる。

夜の学校でカジノホールを開いたり、男子の制服をスカジャンにしたり、女子の制服をバニーガールにしたりする生徒会長が、あるべき理想的な生徒会長だと言うことは、わたしには難しい。

自由な校風だ。生徒達もみんな楽しそうだ。

こうしてちょっと体験してみただけでも、みんなが楽しく青春を送っているのは伝わってくる――だけど、中学校としてはやっぱりどうなんだ？ って話。

授業もまともにおこなわれていない。

空き教室がそこらじゅうにある。退廃している――そう言ってよければ。

これでいいのかって聞かれたら、これじゃ駄目だろう――この髪飾中学校の現状が札槻くんが生徒会長になった結果だと言うのならば、遺憾ながら札槻嘘という稀有なるキャラクターは、むしろ生徒会長にだけはなってはならないとジャッジするしかない。

「小学生の婚約者がいる生徒会長から、高評価をいただけていることは光栄至極です――

しかし、どうでしょう。あの清廉潔白を絵に描いたような一人物から脅威とみなされている時点で、僕は会長失格なのではありませんか？」

むろん——と、飄々(ひょうひょう)と札槻くん。

謙遜(けんそん)で言っているわけでも、自虐で言っているわけでもない。

じゃあ、何のつもりでこんな話を続けている？

「むろん、僕なりにベストを尽くしているつもりですがね。しかし生来の性格ゆえに、最善を尽くしているとは言えません」

「そうだね。悪行の限りを尽くしているよね。ねえ、この生徒会室、紅茶出ないの？」

「生憎(あいにく)、ここは美術室ではありませんので」

美術室でも普通は出ない。

まあ、お茶を濁(にご)すことには成功した——わたしは訊く。

「つまり、札槻くんは、自分が生徒会長になったのは何かの間違いだって思っているの？」

ベストを尽くしていると言うのは嘘ではあるまい。

カジノホールを開いていたのも、荒くれ者の多い髪飾中学校の生徒に対する、職業訓練という側面もあったんじゃなかったっけ——だけど、目的がそんな高尚なのに、施策が違法賭博では、あまりにバランスが悪いと言わざるを得ない。

制服に至っては悪ふざけもいいところだ。

「いえ——間違いではなく正解でしたよ。あの状況下ではね」

札槻くんは落ち着いた声で言った。

「沃野禁止郎くんを生徒会長にするくらいだったら、それでも僕が生徒会長になったほうがマシだと、そう判断しました——眉美さん。あなたがそう判断したように」

「……わたしは」

沃野くんに対抗するつもりで立候補したわけじゃない——と言おうとしたけれど、どうだろう、対立候補があの没個性でなければ、気もそぞろなわたしのモチベーションは、あそこまで高まっただろうか?

生徒会長になることが目的だったわけでも、立候補できればそれでよかったわけでもなく、特定の候補を生徒会長に祭り上げるのが、没個性の目的だった——なんてことが、あるわけ……。

まあでも、『なんで札槻くんは生徒会長をやってるんだろう?』という疑問の答が、没個性に対抗するためだったというのは、ひとつのわかりやすい解であるように思われる。

わたしが生徒会長をしている理由は……、本来、当確だった長縄さんを押しのけて、A組のエリート達そこのけで生徒会長の椅子に座っている理由は……。

「だけど、どうしてそんなことを？　札槻くんを」

　そしてわたしを。

「生徒会長に祭り上げることに、どんな意味があるの？　沃野くんは見込みのある生徒に試練を与え、陰ながら応援してくれる篤志家、紫のバラのあしながおじさんだったってこと？」

「だとすれば、見込み違いもいいところですね。ええ、僕に関しては。髪飾中学校の現状を見る限り――退廃し、荒廃しました。抗争がなくなった代わりに、構想もなくなりました」

「…………」

　わたしに関しては――どうだ？

　わたしが生徒会長になって、今のところやったことと言えば……、非公式非公認の組織である美少年探偵団を守るためにあれこれこすく画策したり、生徒会室でバニーガールの撮影会をやったり……。

　やばい。退廃の兆しが見え隠れしている。

　今はまだ冗談で済むかもしれないけれど、先輩くんの意志を継いだにしては、早くも堕落し始めていると、言って言えなくもない――つまり、没個性の目的は。

生徒会長に不向きな人材を生徒会長に祭り上げること？

自らおぞましい対立候補となることで？

「……だけど、そんな負け惜しみみたいなどんでん返しがなんだって言うのよ？『すべて計画通りでした』なんて黒幕ぶられても、そんなのつじつま合わせでしかないじゃん。あっちこっちの中学校で生徒会選挙に参戦して、それで全敗してきたなんて、普通に考えたら超ダサい奴じゃない。わたしの私服くらいダサいじゃない」

「あっちこっちの中学校で生徒会選挙に参戦し――」

札槻くんは、うっかりばらしてしまったわたしの私服のセンスには優しさで触れず、そして事態の核心に触れた。

「――不向きな人材ばかりを生徒会長に据えた。するとどうなります？」

「ど、どうも――」

どうもならない。と言うより、どうにもならなくなる。

傀儡政権――無能な人間をトップに置いて、裏から操ろうとすること。

だけど、札槻くんは操られてなんていない。どんな風に操られたら、ひとりの人間に、深夜のカジノホールを運営させることができると言うのだ――制服のことにしろ、あるいは統制のことにしろ、札槻くんが自分の意志で、遊び心でやらないと実現しない。

わたしにしたって、長縄さんから傀儡扱いされるんじゃないかという危惧はまったく的外れなものだったし……、今のところ、クズを生徒会長にしただけだ。あっちこっちの中学校で、没個性が似たり寄ったりのことをしていたとして……、不向きな人材を生徒会長にしたからと言って、都合よく支配できるとは限らない。

そして何を企んでいるにしても、失敗した場合、目も当てられないことになるわけでしょう？　この髪飾中学校みたいに、スカジャンとバニーガールが闊歩する無法地帯に……。

退廃し、荒廃し……。

「え、待って？　それが目的ってこと？」

こくり、と。

不向きな人材は、不向きな人材に頷いた。

18　退廃

駄目な生徒をリーダーにして学校を駄目にする。

それが没個性の対立候補が果たそうとしていた使命だと言うなら、札槻くんがサミットの開催に失敗したことを憂いていた理由も、腑に落ちた――確たる理由もなく嫌われたことがショックだったわけではなかったのだ、わたしによくあるみたいに。

つまり札槻くんは、この状況に危機感を抱かないような人間が、各校の生徒会長の椅子に就いていることが、より状況を危機的にしていると思っているのだ――『自分みたいな人間が生徒会長でいいんだろうか？』と、思うことができないタイプがトップにいる学校。

そんな環境、確かに怖い。

もちろん生徒会長になることなんて、多数決で支持を得ることなんて、人生のすべてじゃない――青春のすべてでさえない、生徒会長に不向きだからと言って、他のすべてに不向きということもない。

むしろ没個性の脅威に対抗しようとしただけでも、十分に立派だと言える……、ただ、その一時の気持ちが学校の荒廃に繋がっていくとすれば、結局は本末転倒だ。

指輪学園の未来が、わたしの双肩にかかっているとは思わないけれど、もしも札槻くんの危惧が杞憂でなかったとするなら、いずれ我が校も、スカジャンとバニーガールが闊歩する世界観に……。

それはそれで楽しそうだけど……。

「学校を潰すことが沃野くんの目的だったの？　だったら、まかり間違って、自分が当選しちゃっても、それはそれでよかったってこと？　どっちに転んでも、最終目的は果たせる——みたいなテキトーさは、確かに沃野くんっぽいけども」

思考が展開に追いついていけず、わたしは口に出しながら、状況を整理する……、元はと言えば、わたしは沃野くんのことを、学園側——と言うか、指輪学園の運営母体である指輪財団からの刺客なんじゃないかと勘繰ったのだった。

芸術系の授業をカリキュラムから削ろうとする学園側の思想を、生徒側からも体現するために、生徒会長になろうとしているのだと思った……、ただ、それにしては彼の思想と選挙活動はあまりに破壊的で、破滅的だった。

学園を破壊し、破滅させたがっているんじゃないかと思うほどに。

「……少なくとも沃野くんは、中学生にいっぱい勉強させようとはしてないよね？」

「してませんね。でもそれは、僕や眉美さんだって、同じじゃありませんか？」

「…………」

「眉美さん。学校の勉強が、将来、いったい何の役に立つんだって、考えたことはありますか？」

札槻くんは、そのありふれた問いにわたしが答える前に、次の問いを差し出して来た――叩きつけるように。

「役に立たないと思っているんなら、やめちゃえばいいんじゃないですか？」

19　カリキュラム

あまりに壮大で、しかし抜本的改革で、言葉を失った――もしも不良くんが飛び込んでくるならこのタイミングしかないと思うくらいに、わたしは絶句した。

沃野くんは、彼を派遣した組織とやらは、学校どころか、学校制度の崩壊を――破壊を目論んでいるの？　だったら札槻くんが断言するわけだ、沃野禁止郎は指輪財団からの刺客なんかじゃないと。

もっと恐るべきグループに属する何かだ。

だけれど、馬鹿馬鹿しいと一蹴するほど、それは現実味に欠けたプランでもない……、聞きかじりの知識でしかないけれど、詰め込み教育の反動で、ゆとり教育というものもあった。あまり評判芳しくはない制度だったらしいが……、しかしそれに限らず、芸術や音楽を削減するのと同じように、国語や数学や理科や社会や英語を削減しようという動きは、各地、各時代にあったものだ。

過去にうまくいかなかったと思うからこそ。

今度こそは、我らこそはと思う人達がいても不思議じゃあない——

「円周率が『およそ3』になりかけてしまった結果はどうあれ、まだしも子供を伸び伸びと育てようとしたゆとり教育に比較して、『彼ら』の目論見は、過激で暴力的な思想と言えるでしょうね。一言で表せば、『嫌ならもう勉強しなくていいよ、好きにすれば？』というものですから」

「…………」

「勉強はしたい子だけがすればいい——最終的には義務教育の撤廃を目指していると思われます。そんなことに使う予算があれば、もっと国際経済とか福利厚生とか、使うべき場所があるという発想ですよね」

「そ、そんなことして——いいんだっけ？」

思わず聞いてしまった。聞いてしまったけれど、答はわかりきっている——そんなの、許されることじゃない。

美術室を守るために、わたしはバニーガール姿でここに来たけれど、その美術室にしたって、中学校があってこその特別教室だ……、義務教育が失われれば、美術室も失われる。

美術も失われる。

もちろん美少年探偵団も——学校制度あってこその『子供の遊び』も、そうなると成り立つまい。札槻くんが指揮するチンピラ別嬪隊にしたって、もっと現実的な、遊び心のないグループと化すことだろう。

子供にだってわかる。問題だらけの改革だ。

いいも悪いも、いいところがひとつも見つからない——勉強しなくてよくて毎日遊んでいてもいいなんて、楽で楽しくてうきうきしちゃうだけじゃないか。

そのゆとりならぬ甘やかしに、ぞっとする。

ただ、中でも一番の問題は、どうやらそんな改革が秘密裏に、とっくの昔に始まってしまっているということである……、不良くんが言っていた通り、指輪学園や髪飾中学校だから、没個性の忍び寄りを意識できたけれども、潜伏期間の長い感染症のように、自覚なく沃野くんの被害に遭っている中学校は、こうしている今もじわじわと、スポイルされ続けているはずなのだ。

こうなると生徒側だけじゃなく、職員室にも毒牙が及んでいる可能性はある——学年主任の先生が、『生徒に勉強を教えて、将来、いったい何の役に立つんだろう?』と考えているとしたら、そんな怖い話があるか？

実際、髪飾中学校では、授業もまともにおこなわれていないようだったし、それが当たり前みたいにまかり通っている——そのすべてを札槻くんの責任にするのは、さすがに無理があるだろう。

勉強しなくていいよ、と言われているのと同じように。

教えなくてもいいよ——働かなくてもいいよ、と、先生たちが言われているのだと想像すると、それは教育制度と言うよりも、もはや国家の末期である……、一方で、簡単には否定しづらい現実もある。

教師教員の無茶苦茶な労働形態が、現在、問題になっていることくらい、ロクにニュースを見ないわたしでも知っている——授業だけじゃない、部活動の顧問なんて、ボランティアを通り越して、ほとんど搾取されていると言っても過言じゃないとか。

それで『教師は聖職者なんだから』と言われたら、やってられないと思うだろう——心身を病んでも無理はない。わたしは単純に、こわ子先生のような人を学園から追い出した職員室のありかたを快く思っていなかったけれども、あちらにはあちらの理が、当然ながらあったはずなのだ。

じゃあ美術でもなんでも好きにすれば？　と、そのとき、彼らが投げ出していたら、やっぱりこわ子先生は、もう指輪学園にはいられなくなっていたんじゃないだろうか――どころか、事態はもっと酷いことになっていたかもしれない。

　そして、そんな事態に。

　今、指輪学園は陥ろうとしているのかもしれない――として。

「え……？　でも、もう手遅れだよね、これって？　気が付いたときには手遅れで――詰んでるんだよね？」

　もう選挙は終わっている――わたしは生徒会長になってしまっている。当選したことで、『すべて計画通りだ！』なんてダサめの黒幕台詞に、負けてしまっている……、ダサい台詞に負けているって、それって、本当にダサくない？

　でも、もう何もできることはない。

「いいえ」

と。

　札槻くんは首を振った。

「確かに僕は、そして僕ら髪飾中学校は手遅れかもしれませんが、あ、あなたがたはまだ間に合いますよ。手遅れになる前に気付いたんです――だって、『もう何もできることはない』どころか、眉美さんは、まだ何もしていないじゃないですか」

「………」

その通りだ。その通りだが、しかし……、それって要するに、札槻くんがわたしに言いたいのは、『生徒会長としてちゃんとしなさい』というだけのことじゃないのか？　当たり前で、聞こえのいい正論でしかなくて、だけど一番難しいことを、教訓じみて言っているだけじゃないのか？　『人に親切にしましょう』とか『みんなと仲良くしましょう』みたいな標語を、押し付けるためだけに、わたしをデートに誘ったって言うのか？　わたしをバニーガールに仕立てたって言うのか？

自分達の失敗を棚にあげて——否。

自分達が失敗したからこそ、言ってくれているのか？　呼びつけて、制服を着せて、体験学習させてくれたのか？　なんて余計なお世話だ——そんなの、『あなたは難病に罹患していますけれど、早期に発見されましたから、治療は可能ですよ』と言われているようなものじゃないか。知らなければ平和に暮らせていたのに、闘病生活の始まりを教えられてしまったようなものじゃないか。

人のことを気にしている場合じゃないだろうに、わざわざこんな風に、手に余る綺麗ごとを——

「綺麗ごとじゃなくて……、美しいこと、かな」

だったら、しなきゃ。

新生徒会長としても、美少年探偵団のメンバーとしても。

教育制度がどうとか、学校を守るとか、もうそれは明らかに『少年』のやることじゃあないし、『探偵』の仕事でもないだろうけれど、しかしそれでも。

わたし達が『団（チーム）』であるためには、必要なことだ。

「……だけど、自分達だけ助かるつもりなんてないよ。沃野くんの狙（ねら）いが、わたし達だけじゃなかったって言うんなら、全員で助からないと意味がない」

「そう言ってくれると思っていました――と言いたいところですが、そこまで言ってくれるとは、思いませんでしたよ」

計画通りではありません。

そう微笑して、札槻くんは立ち上がった――椅子代わりにしていたアタッシェケースから立ち上がり、軍用兵器の詰め込まれたそれを「受け取ってください」と、こちらに押してきた。

「お望みの『アイテム』の他にも、あれこれを包んであります。どうぞご自由に使ってください」

「あれこれ？」

入ってたっけ？　と、危うく下品にも、先行して内部を覗いたことを自白しかけたけれど、そうか、ステルス素材でくるまれていたら、それ以外の『アイテム』があっても、わたしにも見えないんだった——空っぽに見えてしまうのだった。

滑らされてきたアタッシェケースをキャッチすると、しかし、空っぽでないことは手ごたえで知れる——『あれこれ』。なんとも不穏な響きではあるが、しかしまあ、心強いと思うしかないだろう。

「でも、いいの？　もらっちゃって。わたしがこれを売り払ってしまうとは考えないの？」

「正直、軍用兵器を転売されるなんて驚異の発想は、抱きもしませんでしたが……、いいのですよ。これも投機ですから」

投機。商売人らしい言葉ではある——ならばわたしは、それが投棄に、しかも不法投棄にならないように、せいぜい気を付けなければならない。ともあれわたしは、バニーガールの格好までして、敵地にまで乗り込んできた結果、ちゃんと目的のものを受け取れたわけだ——あまりにも重いバトンと共に。

「無論、言うまでもなく僕達も、ずるずる負け続けるつもりはありませんがね。気付いた以上、手遅れであろうと抵抗はするつもりですし、懲りずに他校の生徒会長への声掛けも、続けるつもりですよ——それに際して、眉美さんが目指すべき希望となってくれたら……、そう、なんと言うか、すかっとします」

オノマトペによるその表現はなんとも札槻くんっぽくて、そういうところが問題だったのだろうけれど、しかしながら逆説的に、今の髪飾中学校に必要なのは、その悲壮感のなさなのかもしれなかった。

「それに、僕は案外、眉美さんの当選は、沃野くんにとっては『計画通り』じゃなかったんじゃないかと、思わなくもないんですよ。計画外のアクシデントだったんじゃないかって」

「え……？　どうしてそう思うの？」

「確たる理由はありません。僕が沃野くんだったら、眉美さんを生徒会長には選出しないというだけのことです——咲口前会長や、その正式な後継者が相手では、こんな風に助言する気にもならなかったでしょうしね」

どうなんだろう。

指輪学園が最後のターゲットだったというなら、最後は自分が生徒会長になるつもりだったというのは、確かにありそうな線でもある——たとえそうじゃなかったとしても、そういうことにしてやりたいという、わたしらしいクズな心意気も、ふつふつとわいてきた。計画通りだ、なんてダサい台詞。

負け惜しみにしてやりたいじゃないか。

「そうだ。まだ訊いてなかったよね。沃野くん……、沃野禁止郎を刺客として送り込んできた組織っていうのは、もう判明しているの？」

「判明はしています。今のところ、追及はできませんが」

「証拠がないってこと？」

「証拠だらけです。しかし、追及はできません」

「大き過ぎて？」

「危険過ぎて」

「………」

「胎教（たいきょう）委員会。なんとも意識の高いことに第二の教育委員会を自任する、公式に公開された営利組織ですよ」

いいじゃない。そちらが意識なら、こちらは美意識だ。

20　エピローグ

あまりに規模の大きな話を聞かされたあとでは、まるで些細なこととみたいになってしまったけれど、一応報告しておくと、長縄さんの目から美術室、美少年探偵団の事務所を隠そう——覆い隠そうという悪企みについて言えば、これは成功した。

物理トリックと言うべきか、科学トリックと言うべきか、はたまた理系トリックと言うべきなのか、未発見のテクノロジーを駆使したアンフェアな隠蔽工作は、上首尾に終わった。

札槻くんから借りたステルス素材でソファやテーブル、グランドファーザークロックや天蓋つきのベッド、絵画や彫刻、芸術作品、キッチンや檜風呂、果ては絨毯や天井絵に至るまで、外に運び出すことも処分することもなく、計画通りに隠し通すことができた。

「美術室なんて、元々なかったのかもしれませんね……、それぞれの心の中にあったのかも……」

と、長縄さんは学園七不思議の怪談どころか、なんだかファンタジーな結論に落ち着いたようだった——まあ、彼女の情熱ややる気と言ったものは、不本意ながら例の撮影会で、かなり消費（昇華？）されてしまったという読み解きかたもできそうだ。

いずれにせよ、合理的に考えれば、美少年探偵団の撲滅プランは、新生徒会として、成果を急いでのプランだったわけで、いつまでもしつこく続けられるものではない……、美形嫌いという彼女の特性を思うと、今後も目の離せない副会長ではあるけれど、そこは先代の生徒会長と現生徒会長のわたしとで、しっかりフォローし続ければ、抜き打ちの査察を、事前に察知することはできるだろう。

　というわけでこの件は解決。

　ばんざーい、ばんざーい、明智先生ばんざーい！　……で、終われないのはご承知の通り。うちの探偵団には、小五郎はいても、明智先生はいないし。

　とは言えいつものお約束とも言うべきパターンだと、美少年探偵団の気のいいメンバーには、社会の暗部みたいなサスペンスには関わって欲しくない、アイネクライネ瞳島眉美と呼ばれるほど根暗なわたしが、一身に背負うというのがお決まりのエンディングなのだけれど、今回は番長が姫に仕える忍者のように廊下に控えていたので、その手は使えなかった。

「いいのかよ？　ナガヒロはともかく、団長の許可も取らずに、勝手に遊び人と同盟を結んじまって。お前は一番のルーキーの癖に、ホウレンソウって概念とは、本当に無縁だよな」

　髪飾中学校からの帰り道、スカジャンはバニーにそう絡んできた。

　お互い様だろうに。ホウレンソウなんて食材だよ。

クリームスピナッチを作るがよいわ。

「いいのよ。たとえみんなの賛成が得られなくっても、わたしがひとりでやるから。チームのために」

「誰にも理解されないぜ。口のうまいあのビジネスマンがああいう風に語ったから、何ちやら委員会とやらはとんでもねえ悪党集団みてーに聞こえたが、『一年中夏休みだったらいいのに』みたいに思ってる圧倒的多数からしてみりゃあ、待望していた革命軍じゃねえのか？　どっちかっつーと、美少年探偵団の創立理念も、そっち側だったんじゃねえのか？」

「……芸術だけやって生きてた芸術家が、どういう作品を作っちゃったか、わたし達は知っているはずじゃない」

「俺達以外は知らないだろ、そんなの。だから——お前のやることは、誰にも理解されないぜ」

俺達以外にはな。

と、ぶっきらぼうに言われて、わたしはすごく嫌な気分になった——ひとりで戦うつもりなんて更々なかったことを、見透かされたみたいな気分になったからだ。

そんな感じで、退廃した楽園とも言えるライバル校から指輪学園に舞い戻ったわたし達は、その後、美術室でメンバーと認識を共有した——沃野禁止郎くんの正体と、その背景、そして目的を。

生足くん、先輩くん、天才児くん、それに団長。

それぞれにそれぞれそれなりの意見も、見解もあったようだけれど、さしあたってはそれぞれの立場から、学園のためにできるだけのことをしようという、これまでとはあべこべに近い結論に辿り着いた。

特に団長以外のメンバーは、小五郎であるリーダーが入学するまでは、この学園を守らねばならないと決意したようでもあった——長縄さんの目をかいくぐりながらにはなるだろうけれど、そのためには、美少年探偵団と生徒会執行部の連携も、綿密に取らねばなるまい。

天才児くんは仲良しとは言えない指輪財団の理事会と、得意とは言えない交渉をすることになるかもしれないし、生足くんは陸上部のスター選手として注目を集めることで、文武両道の精神を体現するという、およそ不似合なことをせねばならないかもしれない——今や生徒会長の座から降りた先輩くんは、しかし小学生の婚約者のためにも、もう一度カリスマ性を発揮する必要があるだろう。もっとも行動が制限されるのは、実のところ不良くんで、きっと料理をしている時間がなくなってしまう。裏から学園を守るために、わたし以上の汚れ役を担うことになりかねない——団長は。

団長は、そこにいてくれるだけで心強い。

学はなくとも美学を持つ彼から学んだわたしは、それでも彼に、未来の学びを提供するため、彼のようなリーダーになりたいと思う。

だから、もしも『学校の勉強って、将来、いったい何の役に立つの?』という質問を受けたときに、返せる答をわたしは用意した。でっちあげられた生徒会長として、そして美少年探偵団のメンバーとして。

美しい答を用意した。

さしあたってはそんなあたりから、わたしは、誰にも理解されない、だけど決して孤独ではない戦いを、旗幟(きし)を鮮明に始めてみようと思う。

学校の勉強って、将来、いったい何の役に立つの?

それはね、あなたの役に立つんだよ。


(始)

(『緑衣の美少年』に続く)

放課後の道化師

■■

　その日の放課後、指輪学園中等部の美術室こと美少年探偵団の事務所に立ち寄ってみると、珍しいことに、中にいたのは小五郎(こごろう)こと団長ひとりだった——おや、これは本当に珍しい。

　なぜなら我ら美少年探偵団はよくも悪くも最悪にも、この奔放なる美学の徒を中心になりたっているわけで、指輪学園中等部内においては、常時ひとりかふたり、さながらボディーガードか側近のように、リーダーには張り付いているのがしきたりだからだ——その団長が、本日は単身だった。

　ううむ。まあ、別にたまにはそういうこともあるだろうけれど。

　メンバーの皆さんも、探偵活動だけをやって青春を送っているわけじゃないのだから——日々を繰り返していれば、確率的にはこういうこともありうる。不良くんは番長として他校に睨(にら)みを利かさなくてはならないし、先輩くんは生徒会長を引退したとはいえ、これから進学が控(ひか)えているわけだし、生足くんは言うまでもなく陸上部の一年生エースとしての部活動参加、天才児くんは……、普段何をしているのか皆目見当つかないところがあるけれど、財団の跡継ぎとして、芸術に勤しむだけでなく、帝王学の勉強でもしなければならないはずだ。

他に何もしてないのはわたしだけ！

……まあ、迂闊にも当選してしまった生徒会長の仕事を、万遍なく執行しなくてはならないという業務はあるのだが、会長として最初におこなった独自の活動が『生徒会から美術室を守る』という、いきなり背信者めいた、ある意味しょっぱなから有権者を裏切る仕事だったので、我ながらわたしらしいと思いつつも、その実績を確認すべく悠々と美術室にやってきたわけだ。

しかし。

うーん、団長とふたりきりか。なんか気まずいな。

わたしをよく知る人ほど、これは意外に思うことかもしれないけれど、母性あふれることで評判のこのわたしは、実は子供が苦手だったりもする——いや、特にそれが理由で気まずいわけじゃないのだけれど、何をするかわからない最重要人物の警護なんて、わたしのようないい加減な人間に任されていいものじゃない……、もしも不手際があれば、メンバーからリンチされるだろうことは想像に難くないし。

その意味では無口で一言も喋らない天才児くんとふたりきりのケースよりも、緊張してしまう——なんとなく意思疎通ができる天才児くんが相手なら、とりあえず裸になっておけば、裸婦画を描いてもらえることまでは判明している。

団長に、その手の攻略本はない。マニュアルも、サポートセンターもない。

どうしよう、踵を返し、帰ろうか。

思わず五・七・五で心境を詠んでしまう辺り、わたしも芸術というものが少しはわかってきたのかもしれなかったが（わかってきていない）、しかしそんな余興に身を入れている間に、

「おお！　眉美くんではないか、きみはいつもベストタイミングで現れてくれるねえ！　事件が起きたとき、必ずそこにいる！　探偵はかくありたいものだ！　きみにはいつも学ばされるよ！」

と、隣を銃弾が通り過ぎても気付かないくらい意識散漫な団長が、わたしに気付いてしまった——わたしからすればタイミング悪くだったが、団長にとっては、何やらグッドタイミングだったらしい。

その情報もバッドだな。

事件が起きたとき、必ずそこにいる——というのは、名探偵が行く先々で事件が起きるというパラドックスに対する揶揄を、さながらヒーローのごとく、逆から表現したような

レトリックで、いかにも物事の美しい面だけを見る双頭院学らしかったけれど、しかしながら、当たり前に聞けば事件が起きたときに必ずそこにいる奴は犯人なので、あんまり褒め言葉になっていない気もする。

とは言え、団長の『いつものノリ』に、わたしはちょっと肩の力が抜けた——別に、他のメンバーのいないところでは冷たくされたらどうしようとかネガティブな心配をしていたわけではないのだが（ふたりきりになること自体は、初めてではない。ほら、『トゥエンティーズ』に誘拐されたときとかね！）、こういうリーダーを相手に、気張ると言うか、気を遣っても仕方あるまい。

仕方ないと言うか、意味がない。

「で、団長。グッドタイミングって、何のこと？」

「いやね、実はこれを見て欲しいんだよ。『美観のマユミ』ならば、僕のような無学な人間では気付かない点に、注目してくれるかもしれないと、大いに期待しているよ」

わたしをそんなに評価してくれるのは、今じゃ団長くらいだ。

今や親でもわたしに、そこまで期待していない。

「きみにとってはこのくらいの謎解き、物足りなくてお茶漬けさらさらかもしれないがね！」

お茶の子さいさいね。

「これって、どれ？」

「どれって、これだよ」

示されたのは、テーブルの上に配置されたティーカップだった。

■■

もつれてるんじゃないかというくらい見事な刺繍のクロスの張られたテーブルの上に、ティーカップが並べられているのは、『わたしと団長がふたりきり』とは違って、美術室では当たり前の風景である。

ジョン・ブル並に紅茶を嗜む我々なのだ。

この部屋に来て、アフタヌーンティーを飲まなかったことなんて、ほぼないと言っていい――『美食のミチル』こと不良くんが紅茶を淹れてくれるから、わたしのような社会から逸脱した暗黒の根暗が、毎日学校に来ていると言っても過言ではないくらいだ。

だからティーカップに違和感はない。ないはず。

もしも今日、シェフがいらしてくれているのなら――そうでなくとも、メンバーが勢揃いしているのなら、だ。

否、たとえ全員集合していても、違和感はあるのだ。

配置されたティーカップの数は七つ。

美少年探偵団のメンバーは、わたしのようなクズを含めても、総勢六人である——カップがひとつ多い。お客様用と言うか、依頼人が来訪したときに備えて、予備のカップくらいは当然用意されているにしても……。

依頼人どころか、メンバーの大半がいない本日の放課後、こうしてティーカップが並べられているのは、確かに変だ。

「僕が来たときにはテーブルはもうこの状態だった。現場保存は探偵の基本だからね、指一本触れていない」

ふむ。

ということは、状況をありのままに判断するなら、わたしが、そして団長が美術室を訪れる前に、七人の人間がこの美術室で、ティータイムを楽しんだということになるのだが……、ん？　ティータイム？

そこでふと、わたしは覗き込んでみる。カップの中身を。

七つのカップの中には、液体物が淹れられていた——紅茶？　に見えるけれど……、この状況ではなんとも言えない。

咄嗟にそう判断できないのは、不良くんが淹れてくれる紅茶を、飲みさしで場を去るほど、味のわからない人間がいるとはあまり思えないからだ——あまりの美味に吹き出すことはあっても、残すことはない。今じゃあわたしは、拭いた紅茶を舌で舐めとるくらいまで中毒になっている。

「まあ、不良くんが淹れたとは限らないか。先輩くんの淹れた紅茶なら、こんな風に残しても不思議じゃないもんね」

「はっはっは。ナガヒロの淹れてくれる紅茶もなかなかのものだぞ」

団長は快活に笑って、

「逆に言うと、飲みかけの紅茶を置きっぱなしにして立ち去るほどの未曾有の事件が、ついさっき、この美術室で起きたとは判断できないかね、眉美くん？」

と言った——ふうむ。

「じゃあ、このまま事件に巻き込まれた他のメンバーは、行方不明で発見されることはないってこと……？」

おぞましい想像を最初にするあたり、わたしのわたしらしさは団長が相手でも存分に発揮できていたが、それは先走って考え過ぎにしても、仮にこれが不良くんが淹れた紅茶だい。

として、それを飲み残したまま席を立つような用事というのは、ちょっと思いつきにく

親の葬式レベルの急用でないと、誰しもこのテーブルで、座ったままで紅茶を飲み続けるだろう……、そしてもうひとつ、追記すべき不可思議もある。わたしに言わせれば、それが一番の違和感と言ってもいいかもしれない——まあ、たとえば親の葬式があったとしよう。

メンバーの親が全員同時に死んだとしよう。

そういうこともあるだろう。

しかしそれでも、ティーカップをこんな風に、テーブルの上にほったらかしにしたままで出掛けるということが、あるだろうか——不良くんにあるだろうか。

『美食のミチル』は、後片付けまでを含めて『飲食』だと思っている古風な男だ——わたしなど、それで何度怒られたことか。社会に反旗を振りかざす番長から反論の余地のないことで説教されるというのが、どれだけの苦痛か、皆さんにも知っていただきたい。

なので、赤子が泣いても蓋を取らないような料理人は、たとえ冠婚葬祭に際しようとも、きちんと食器を洗ってから、美術室を出発するに違いない——すぐに戻ってくる予定だとか？

いや、その『すぐに』は、もう過ぎている。

団長やわたしが、こうしてじっくり検分している時点で。

「ちなみに、団長は何時ごろにこの美術室に来たの？」

「眉美くんが来るおよそ五分前だよ。ふふふ、第一発見者である僕の自作自演を疑っているのだね？　うむ、たとえ相手がリーダーであろうと調査は怠らない、その姿勢も眉美くんならではの探偵らしさだ！」

いえ、団長を疑いはしないですけれどね。

仲間を疑う姿勢がわたしらしいと言われると、如何せん複雑である——まあ、五分じゃあ自作自演は不可能だろうし、たとえ朝からこの美術室にいたとしても、団長に紅茶が淹れられるとは思えない。

わたしが知りたかったのは、この紅茶が、放置されてからどれくらい時間が経過しているか、だったのだが……、五分前ねえ。

「じゃあ……、ちょっと見てみますね。参考までに」

言ってわたしは、眼鏡を外した。

ティーカップを、そして中身の液体を『観察』するためだ——カップに触れればそれでわかることでもあるけれど、リーダーが現場保存を重んじている以上、下手に触らないほうがいいだろうという判断だ。

いつものあれではない、『良過ぎる視力』の、別パターンの使いかた。温度を『見る』。いわゆるサーモグラフィである。

あんまり使い道のない視力だし（こんな視力を駆使しなくても、大抵のものの温度は、触ればわかる）、透視（みたいなもの）よりも疲れるので、多用は避けているけれど、探偵団の活動で出し惜しみはしないと決めている。

で、その鑑定結果——ならぬ、観定結果。

「うーん。冷え切ってますね。五分前とか、十分前とかに淹れた紅茶って感じじゃないです」

あくまで感覚的なサーモグラフィなので、正確な温度までは測れないけれど（訓練すればできるかもしれないが、わたしは訓練が嫌いだ）、少なくとも放課後になった直後に紅茶を淹れたのだとしても、ここまでの速度で冷めたりはしないだろう。

「つまり、アイスティーということかね？」

「…………」

なんだか呑気な結論だが……、まあ、その場合カップじゃなくてグラスを使いそうだけれど、私が入団したのが秋からのことだからお目にかかっていないだけで、不良くんも、アイスティーを淹れることだってあるだろう。

でも、サーモグラフィ・アイで見た限り、アイスティーと言うほど、冷たくもない。常温と言うか、普通にぬるい液体という感じだ……、氷が入っていたなら、カップの外側が結露しているべきなのに、その痕跡もない。


……ん？


痕跡と言うなら……、と、わたしは眼鏡をかけ直してから、カップに顔を近づけた——この程度の『観察』なら、それこそ、『良過ぎる視力』に頼るまでもない。

やっぱりだ。

飲み残し、飲みさしと、ここまで散々言ってきたけれど、それさえ正確ではなかった——このティーカップ、飲まれた形跡がない。レディが飲んだわけでもあるまいし、ルージュのあとが残っていないのはそりゃあ当然にしたって、誰かが口をつけて飲んだなら、それとわかる跡くらいは残るものである。

「なのにこれら七つのカップには、不良くんの唇の跡も先輩くんのつばの跡も生足くんの舌の跡も天才児くんの歯形も残っていないわ！」

「ちょっと変態っぽいよ、眉美くん。気を付けるように」

『美学のマナブ』から駄目出しをされた。気を付けるようにって。

オーケー、ちょっと落ち着こう。新発見に取り乱してしまったけれど。

飲み残して席を立ったどころか、口もつけていないなんて——というのも驚きだったが、それよりも何よりも、どうしてわたし達が、これらを『飲み残し』だと判断したかのほうが、この場合は問題だった。

そう判断した理由。根拠。

それは、カップの中身の液体の量が、まちまちだったからだ——半分以上残されているカップもあれば、九割がた飲まれているカップもある。いや、口もつけられていない以上、『残されている』わけでも『飲まれている』わけでもないのかもしれないが……。

「ストローを使ったという可能性もあるからね！」

紅茶をストローで……？　アイスティーだったならあり得るか。

しかし、だとするとカップは片付けなかったのに、ストローだけは片付けたということになり、それじゃあまるで支離滅裂だ。

「でも、一応ゴミ箱をあさっておきましょうか。うん、ありませんね」

「眉美くんは躊躇なくゴミ箱をあさるんだね」

しかもあさる理由が『美少年たちの使用したストローを探して』だった——いかんいかん、これではロリコンを責められなくなる。ロリコンを責められなくて、いったい何が人生か？
　章を変えて、軌道修正しないと。
　その前に現場状況をまとめると、

①テーブルの上に放置された七つのティーカップ。
②飲んだ痕跡はなく、淹れたてでもない。
③なのに、カップ内の液体（紅茶？）の量はてんでバラバラ。

　導き出される結論とは？

■■

「眉美くん！　ひょっとしたら、並べられたこれらのカップは、暗号なのではないかね？」

　古くから『箸が転んでもおかしい年頃』などと言うけれど、思えばテーブルに飲みさしと見えるカップが複数並べられているだけで、あーだこーだと推論を並べられるのだから、少年探偵団というのは、やはり字義通りの少年探偵団である。

字義通りの児戯だ。

『1、美しくあること
2、少年であること
3、探偵であること』
……わたし達は美少年探偵団なのだから、やはり団則その1に目を奪われがちだけれど、とするとやっぱり、重要なのは隠された団則その4なのかもしれない。

『4、団(チーム)であること』

いくらわたしがお年頃であっても、普通、かように並べられたティーカップから、ミステリーを見出(みいだ)すなんてことはないだろうから……、もしも今日、わたしが団長よりも先に美術室に到着していたとしたら、

「ひゃっほう！　ついにあの小うるさい番長がしくじりやがったぜ！　わたしが率先して後片付けをして、恩を売るチャンスだ！　『わたしがいなきゃ何もできないんだから、ほら、たとえばあの放課後も食器を下げるのを忘れて……』って、一生言い続けてやる！　死の床でさえも！」

と、他のメンバーが現れる前に、カップをキッチン（美術準備室）のシンクに運んで、

洗ってしまっていたかもしれない——わたしが人生で皿洗いをする唯一のタイミングだ。

仮に違和感に気付いたとしても、『なんかちょっとおかしいな。いつもと違うな』で終わりである——団長とて、わたしが来るまでは、判断を保留していた節がある。

あーだこーだと。

言い合える仲間がいるからこそ、ミステリーはミステリーとして、不思議は不思議として、成り立つのだ——謎は共有されてこそ謎。まあそれは一方で、不安や恐怖はたちどころに拡散するという社会面でもあるのだけれど、それはともかく——暗号？

「暗号、それはつまり、わたしの得意分野ってこと？」

「ほほう、大した自信じゃないか、眉美くん。その己を信じる心、美しいねえ」

わたしの冗談が通じなかった、不良くんならここで、目を奪われるほど綺麗な突っ込みを入れてくれるのに。

暗号なんて苦手中の苦手だ。苦手を手中に収めていると言ってもいい。

「でも、どうしてこれが暗号だって思うの？　ひょっとして、美少年探偵団にはいざというときの連絡用に使う、秘密の符丁があるってこと？」

だとすれば、まだわたし、それ聞いてないんだけど。

まだわたしをメンバーとして認めてないメンバーがいるの？

先輩くんだろうか、天才児くんだろうか……、意外と生足くんかもしれないけれど（奴はわたしを美少年ではなく女子として見ている可能性がある）、何気に不良くんだったら一番ショックだ。

「いや、そんなものはない。何度か試したことがあるが、僕が暗号を使いこなせなくてね！」

威張って言われても……、でもまあ、わかるよ。

言いたいことがあったらダイレクトに言うのがリーダーであり、回りくどさとは無縁だ——なんなら比喩表現だって、使いこなせているとは言い難い。眉美くん、最近ふくよかになったんじゃないかい？　そのまろやかな曲線もまた美しいがね！　などと言われたこともあるくらいだ——暗号を使え。

わたしのまろやかさは主に美食のせいだ。あと美形に囲まれるストレスのせいだ。

ただ、メンバーがマジで行方不明になっているのだとすれば、紅茶を含めたその美食を、二度と味わえなくなる——わたしがガリガリに痩せてしまう。その事態はなんとしても避けたい。

たとえ服が裂けようとも（もしも本当に裂けたら、たぶんスタイリストの天才児くんにノミで削られる）！

「しかし、テーブルの上のカップであるという点に、僕は注目せずにはいられなかった。これはダイニングの見立てではないのか？　つまり——」

はいはい。

ダイイングメッセージとダイニングメッセージね。

それだとわたし達以外のメンバーが全員息の根を止められたことになるし、死に際に紅茶を淹れるような余裕は、たとえどんな殺されかたをしたとしてもないと思うが、しかしまあ、並べられたティーカップからメッセージ性を読み解くというのは、妥当なアプローチかもしれない。

と言うか、『なんとなく飲み残した紅茶を、うっかり片付け忘れたんじゃない？』以外の推理をしようとすると、それ以外にはない——カップに飲んだ痕跡が残っていないのは、わたしのようなガサツ人間とは違って、お美しくていらっしゃる美形族の皆さんは、優雅にティーをお飲みになったあと、やはり優雅に、ハンケチで飲み口をお拭きになられただけなのかもしれないし。

「暗号……、だとすると、ティーカップの中身である液体の量で、何かを代弁しているってことになるのかしら？」

「え？　なんで？」

きょとんと素朴に訊かれても。

元々はあなたの発想だろうに……、それに乗ったわたしが妄想過多の的外れみたいに言われても。

やはり団長とのふたりきりは、うまくかみ合わない。

「だって、カップ自体は七つとも同じものだし……、それぞれに違いがあるとするなら、中に這入っている紅茶（?）の体積でしょう?」

体積って言うか、液体積って言うか。

紅茶を手作業で淹れたとすれば、分量がまちまちになるのは当たり前だけれど、ひとつとして同じ分量のカップがないというのは、でき過ぎな気がする。

「ちょっと計算してみようか。それぞれのカップに、何ミリリットルずつ液体が淹れられているのか。簡単な計算でできるわ、まずはカップの総容積を算出して……」

「眉美くんにそんなことはできないだろう?」

できません。

そうはっきりと言われて傷つかないことと同じくらいできません。

否定されるパターンもあるんだ。

でも、算出はできなくっても、わたしには生まれ持ったこの目がある！　わたしの青春を台無しにしてきたこの目が！
かけ直した眼鏡を、また外す——今度はサーモグラフィではなく、お馴染みの透視もどきだ。瀬戸物は比較的透視しやすい――わたしにしてみれば、目盛りがついていないとい
うだけで、ビーカーと同じだ。
要するに目分量で判断しようというわけだが、ここでわたしの言う目分量とは、器械計
測よりも誤差がないと思っていただいて差支えない――とても難しいことだとは思うが、
わたしが普段、命がけで頑張ってそうしているように、瞳島眉美を信じて欲しい。
『カップA……6／7X
カップB……5／7X
カップC……4／7X
カップD……3／7X
カップE……2／7X
カップF……1／7X
カップG……1／14X』
なみなみと注がれた表面張力状態を『X』として。
珍しく正しい判断を下した団長の鼻を明かしたくて、Xとか分数とかで数学っぽく表現

してみたが、口に出してみるとブラのサイズっぽくなってしまって、この場に生足くんがいなかったことを天に感謝せざるを得なかった。息の根を止められているかもしれないのに。

「右回りに、カップの中身が、しかもかなり規則的に減っているというわけかな？」

「そうですね……、ちゃんと見ると、思ったより規則的ですね」

規則的過ぎて、わざとやったとしか推理できなくなった。暗号かどうかはともかくとして、何らかの人為が関わっていることは間違いなさそうだった。

ひょっとして、それこそ数学のクイズか何かか？

一ガロンの水が入った容器Aから、ぴったり四分の一ガロンの水を、容器Bに移すためには、手順は何回必要か——みたいな。

カップAに関して言えば、これだけ見るなら、飲みさしとは思わなかったかもしれない——逆に、カップGだけを見るなら、やはり飲みさしではなく、飲み切ったあとと見たかもしれない。こうして順序立てて分量が連なっているから、すべてが飲み残しに見える……、なんだかこれはこれで社会面っぽいな。

「では眉美くん。続いて、内容物の分析をおこなってくれたまえ」

「そこまでは求めないで。わたし、美少年探偵団の科学班じゃないから」

白衣を着ている分、まだしも天才児くんの分野という気もする——『良過ぎる視力』で見てわかるのは、せいぜい分量や温度くらいのものだ。

ただ、リーダーがいつもの思いつきで言ったに違いなくとも、内容物の内容に着目するのは、確かに次の段階ではあった。

紅茶に見えるからと言って紅茶とは限らないように、それぞれの内容物が、七つとも同じであるとは限らない——分量がそれぞれであるように、内容物もそれぞれなのかもしれない。

「えーっと、ほら、ひと飲みに、ならぬ一口に紅茶といっても、種類はたくさんあるわけじゃない？　ダージリンとか、アッサムとか、アールグレイとか……、あと色々」

この教室であれほど紅茶を飲んでおいて、誰でも知っている三種類しか出てこない辺り、わたしの教養もたかだか知れたものだが、いっぱいあることだけは確かだ。心を込めて断言する。

色合いは同じに見えても……、そして種類が同じでも、砂糖の量が違うという可能性はある。あるいは、どれかはレモンティーなのかも。さすがにミルクが入っていたらわかるだろうが……。

基本的に美少年探偵団は、誰もが気取った生粋のストレートティーを好むが、これらの紅茶がそうであると考える理由は、今はない——でも、シュガーポットや、カップから取り出されたレモンなどは、テーブルの上にはないんだよね？　かき混ぜるためのスプーンもない。

ゴミ箱にもなかった。

「でも、ゴミ箱をあさった誰かが持ち去った可能性はあるわよね？」

だとすると、今のところ、筆頭の容疑者がわたしだった。

第一発見者といい、この教室には現在、容疑者しかいない。

「ふむふむ。それぞれが別の紅茶だとするなら、誰かが利き紅茶をおこなおうとしていたのかもしれないね？」

自分で言い出した暗号説をあっさり放棄し、リーダーはそんな別案を口にした——思いつきでしか生きていないのか、この小五男子は。

利き紅茶ね。しかし、いい線な気もする。数学クイズよりは。

だとすると犯人は不良くんか？　彼のような荒くれ者も、おいしい紅茶を淹れるために、普段から隠れて、研鑽（けんさん）しているのだろうか……。

「あるいは、努力している振りをするために、こんなこれ見よがしな痕跡を主張として残したのかしら？　わたしがよくそうしているように」

「利き紅茶ならば、量が規則的なのも納得がいくしね。飲み口が綺麗なのは、まだ実践前だったと考えれば矛盾もない」

美しくない台詞は聞こえないらしいリーダーだった。

うーん、まあ、不良くんの紅茶を一滴も飲まずに席を立った誰かがいたと考えるよりは、誰かが（不良くんとは限らない。政治的ライバルの先輩くんが対抗意識を燃やして練習をしていたのかもしれない）紅茶の研究をしていたと考えるほうが、まだしも納得いく……。

適切な茶葉に対する適切な湯量を探っていた？

冷めているのは……、たとえば、ぬるくなってもおいしい紅茶の研究とか？

紅茶とカップで死に際の伝言を残した（死体は運び出された）と考えるよりは、確率は高そうである……、どうしてそんな研究を放置して、不良くんなり先輩くんなりのメンバーがどこかに行ってしまったのかはわからないが。

「彼らには美術室以外に居場所はないはず……」

それは揺るぎなくわたしだったが（生徒会室は本来わたしの居場所ではない）、しかし論理的に考えると（あくまで論理『的』だ。論理チックと言ったほうがニュアンスは近い。居場所同様、わたしに論理などない）、不可解でもある——だとすると、メンバーの誰かしらが、この教室にいったん来ておきながら、団長が来る前に、利き紅茶をおこなう前に、後始末もせずに帰ったということになる。

問題児揃いでありながら、個性も多様でありながら、リーダーに対する礼儀作法という点においては一点の曇りもない彼らが、そんな無作法な真似(まね)をするだろうか……？

そんなことをしても、わたしが大きな顔をするだけだぞ？

「利き紅茶の最中に、必要なものがあって、家庭科室だかに取りに行ったっていうのなら、考えられるかな……？」

家庭科室も現指輪学園中等部では、もう使われていない特別教室なので（ゴーストタウンみたいだ）、紅茶の研究者が求めるものなんてあるとは思えないが……、あったとしても、賞味期限は切れているだろう。

そんな紅茶を飲みたいとは思えんぞ。

「わからないぞ、眉美くん。発酵茶葉というものもある」

「何それ。光ってるの？」

世間広過ぎ。

じゃあ、本事案に対する美少年探偵団の推論——結論としては、『不良くんが利き紅茶を今にもおこなおうとしたときに、足りない材料に気付いて、家庭科室に取りに行った』

い結論とは言えない。

リアリスティックと言えばリアリスティックな結論ではあるが、今ひとつ決め手に欠ける気もする——そして（これが何より、『わたし達にとっては』重要なことに）、特に美しい結論とは言えない。

普通に不良くんの手際が悪かったという話になってしまう。

実験そのものならともかく、準備に失敗するだなんて……、そんな奴は不良くんじゃない、不良クンだ！

紅茶の研究をおこなおうとしていたのが不良くんではないという可能性を加味すれば、ないでもないわけか……、それでもねえ？

「不満そうだね、眉美くん。そうも美しさにこだわるとは、いよいよきみも、美少年探偵団らしくなってきたじゃないか」

「いやまあ、これだけ続けていれば、チームの流儀くらいは学ぶわよ。あーだこーだ言い続けたところで、結局のところ、証拠不十分の感は否めないのよね」

こういった『日常の謎』ではありがちなことだが、たとえ正解であろうと、証拠不十分な推論は、美しいとは言いにくい——せめて何かひとつでも、推論を裏付ける証拠があればいいのに。

それもできるだけ具体的な裏付け……、関係者の証言とか、物的証拠が望ましい。

「なるほど、具体的な裏付けか。しかし、眉美くん。物的証拠なら、僕達の目の前にあるとは思わないかい？　そう、これらのティーカップだよ。利き紅茶と言うなら、今こそ試飲のときだ！　中身を飲んでそれぞれの味が違えば、それが何よりの物的証拠になるとは思わないかね！」

「冴えてるう！　さすがは我らのリーダー、目が覚めるような名案ですね、ってそんなわけあるかーい！」

根暗人間にはおよそありえないテンションで突っ込んでしまった。しかもノリ突っ込みだ——しかし、それも辞すまい。

確かに証拠は欲しかったけれど、そのために正体不明の液体を飲むというのは、いくらなんでも高リスク過ぎる——まさか毒物ということはなかろうが、廃水の可能性くらいはあるのだ。

いや、毒物の可能性だって完全に否定はできない……、だって、わたし達は一度（ならず）犯罪者集団を敵に回した実績がある——本来、仕返しを恐れて臆病に生きる理由は十分あるのだ。

むしろその点に誰もビビってないのが、逆に怖いくらいだが……、好奇心旺盛なメンバーの誰かが、こうして正体不明の液体を飲むだろうと罠を仕掛けた可能性は、無視していいほどに低くはない。

どころかそのために、あれこれ違和感のあるティータイムのシチュエーションを用意したと見るのは、それはそれでひとつの推論ではなかろうか？

だとすれば、そりゃあノリ突っ込みくらいは致しますよ。

痛かろうと致しますよ。

「ふむ。そうかね？　まあ、眉美くんほどの人材がそう言うのならば」

なぜかわたしを過大評価しながら、現場保存の鉄則を破り、今にもカップを手に取りかけていた双頭院くんは、しかし特に不平不満を漏らすでもなく、代わりに制服のポケットから、

「ナガヒロに電話をして、答え合わせをしてみるというのはどうだろう？」

と、わたしが貸与されているのとお揃いの子供ケータイを取り出した——ははあ、関係者の証言ですね。

■■

不良くんではなく先輩くんに電話したあたり、団長があのロリコンをちゃんと副団長として正当に評価しているらしい事実が判明したことがこの放課後最大の収穫と言えたが(わたしはもうちょっとあの美声に、敬意を払ったほうがよさそうだ)、『携帯電話を使う』という、この世で一番身も蓋もない手段によって、わたし達はことの真相に到達した。

最初から電話をかけろよというノリ突っ込みも喉まで出かかったが(『そ、そうか！　その手があったか！　ど、どうしてこんな簡単なことにこれまで気が付かなかったんだ……、って、本当だよ！』)、まあ、自分達なりの結論を出してからでないと、これは、取るべきでない手段という線引きが、リーダーの中にあったのだと思われる。

あくまで許されるのは『答え合わせ』というわけか。

わたしだったらすぐに電話して答、聞いちゃうのに(手品のタネを迷いなく聞いちゃうタイプ)——と言いたいところだが、じゃあなんで自分で電話しなかったかと言えば、使い慣れてないからです、携帯電話を。

この時代に、いまだスマホが脳の一部になってないのです。

さて、ではその答え合わせの結果はどうだったのか——自分に甘いことで有名なこのわたしをして、『当たらずといえども遠からず』と自己採点せざるを得ないような結果だった。

屈辱だ。

「『当たらずといえども遠からず』？　それでもかなり自分に甘いと言うか、眉美、往生際が悪くないか？　『誤解を招くような発言があった可能性は否めず、世間をお騒がせしてしまって申し訳ありませんなどと言った記憶はありません』くらい」

うるせえ不良くん。

誤解を招くような推理があった可能性は否めず、現場を荒らしてしまって申し訳ありませんなどと言った探偵は既に辞めており捜査が始まっていますのでコメントは控えさせてもらう訴状が届いておりません。

というわけで、不良くんを含め、メンバーは全員息の根を止められてはいませんでした——みんなの惨殺死体を発見せずに済んで、本当に嬉しい！

わたしの推理が外れたことが、こんなに嬉しいなんて！

「いい台詞みてーに言うな。ただ勘違いしただけだろ」

惨殺死体はもちろん、利き紅茶という推理も（当然）外れていた——どれかひとつをどうしても選ばなければならないとすれば、一番正解に近かったのは、それでも『暗号』説かもしれない。

あと、『必要なものを取りに、家庭科室に行ったのでは』という推理も、完全に外れでもなかった——ただし、向かった先は、特別教室は特別教室でも、家庭科室ではなく音楽室だった。

音楽室。

先日わたしが、長縄(ながなわ)さんをたばかって連れて行った、やはり今では使われていない教室である——古くは、わたしが先輩くんから腹パンをされまくった教室である。

「腹パンという言いかたはやめてください。親が勝手に決めた殴る場所がたまたま腹だっただけです」

それだと本当にただ腹を殴った人でしょ。親が勝手に決めた殴る場所を殴ってたら、とんでもない虐待の連鎖でしょ。

親との確執ならわたしにもあるけど、その言いかたこそおやめなさいよ。

ただ、それならそれで、腑(ふ)に落ちた——わたしの評判が地に落ちたのと同じくらい腑に落ちた。不良くんが専門分野と言うより、唯一の美点と言ってもいい『調理』の分野で、研究の下準備に手落ちがあったというのは得心しづらいけれど、やろうとしていたのが調理ではなく音楽だというならば、まあその程度のミス、特別に見逃してやってもいいだろう。

というわけで、真相は以下の通り。

わたしに語る資格はないそうなので（不良くんジャッジ）、不良くんと先輩くんに同行していた生足くんに語ってもらおう——天才児くんも同行していたのだが、あの寡黙は、どんなにお願いしても喋ってはくれないので。

「あのねー、眉美ちゃんの信じられないような悪巧み（わるだくみ）のお陰（かげ）で、和菜（わな）ちゃんの白魚のような手から、美術室は守ることができたじゃない？　でもまーその一方で、美術室しか守れなかったって事実も、明らかになったよね——最初に音楽室を利用したからこそ、抜き打ち検査を躱（かわ）せたわけで。考えてみればボク達は、音楽に関しては無関心だったなあって。眉美ちゃんのボイストレーニングもいいけれど、楽器の演奏にも、取り組んでもいいんじゃないかって話になって——で、みんなで楽器を作ってみようと思ったわけ」

それがあれらティーカップの正体である。

音楽室からはピアノさえ撤去されているので——たぶん下取りに出されている——、演奏しようにも、この学園のどこを探しても楽器はなく、しようと思えば自作するしかないわけで。

だから。

カップに紅茶を入れて、音階を作ろうとした。

打楽器である。言うなら自作のピアノだ——ピアノフォルテ。

八度音程の七音音階——周波数比2：1。

七つのカップは、それぞれに『ド』『レ』『ミ』『ファ』『ソ』『ラ』『シ』を表していたわけだ——中身の紅茶がホットでもアイスでもない常温だったのは、楽器ならば、温度変化で音が変化してしまうから。

だったら普通にグラスと水でやれよと言いたくて死にそうなわたしだったけれど、そこはそれ、美少年探偵団としての美学という奴なのだろう——わたしはまだ、彼らの流儀を理解しきれていなかった。

果たして、卒業までにできるのだろうか。

もちろん、専門知識もなく、ソルフェージュも受けていない美形達に、楽器なんて作れるわけもない——規則的な量を、カップに紅茶を淹れるなんて細工じゃあ、一オクターブは作れない……、カップの端を叩いてみても、ぜんぜん希望の鐘は鳴らなかったわけで。

そもそもチューニングをしようにも、現メンバーに、絶対音感の持ち主なんていない——強いて言えば先輩くんなのだろうが、わたしに腹パンしまくってるときも、あのスパルタ、自分は音楽の専門家ではないと言い張っていたしね。

音楽を専門分野とする、美少年探偵団の創始者は。

『踊る美少年』は——既に辞めている。

それでみんなで、楽器は撤去されていても、音叉くらいはあるんじゃないかと、冒険の旅に出たそうだ——できれば団長に褒めてもらおうと、完成させた『食器の楽器』を見せて驚かせたかったそうだが、あいにく行動の読めない団長が今日は早めに美術室に来たため、間に合わなかったわけだ。

わたしは？　ねえねえわたしは？　楽器作りの仲間としては帯同してもらえず、サプライズの対象にもなってないの？

「いえ、まあ、眉美さんは生徒会長でお忙しいみたいですし……」

距離を置くな。てめえだけは特に距離を置くな。誰の頼みでわたしごときが生徒会長に立候補したと思ってるんだ。

で、結局、音叉はあったの？

「なかった。夜逃げくらい徹底してやがるぜ、音楽室の清掃。壁に飾られっぱなしのベートーベン達が、悲しそうに俺達を見てたぜ」

比喩表現が暗号くらい上手ですね、不良くん。

そんなわけで、最後に結論から言うと、わたしと団長の推理は外れて、他メンバーの工作（楽器工作）は失敗に終わった——要するに何もうまくいっていない放課後だけれど、まあ、わたし達は普段から、こういう不毛なやりとりを心から楽しんでいるのだった。
打てば響く、アンサンブルな放課後である。

あとがき

いわゆる『本当の私はこんなくらいじゃなくて、もっとできるはずなのに、環境や状況がそれを許さない』というような悩みの対極にある悩みを想定してみると、『本当の私はこんなくらいじゃなくて、もっとできないはずなのに、環境や状況がそれを許してしまっている』という悩みで、つまり、不当に低く評価されているのではなく、過当に高く評価される憂鬱というのは、なんだかそれはそれで悩ましそうで、実際、誰しもこの両方を抱えて生きているようにも思えます。たまたまうまくいっちゃったけれど、私は本当は百メートル走を十秒で走れるような人間じゃないんです、みたいな——次も同じことが、いつでも同じことができると期待されても、それに応えられるとは限りませんし、できなかったとしてもサボったわけではありません、みたいな。できないと決めつけられるのも業腹ですが、できると決めつけられるのも、それはそれで業腹みたいな話で、『このくらい、できて当然だろう?』とか言われてしまうと、わざとしくじりたくさえなってしまうかもしれません。人間は『できる』限りは出世して、『できなく』なった時点で停滞するので、最終的にはみんな『できない奴』になってしまうなんて酷い法則もあるそうですが、最後にはみんな挫折するというのは、ある意味公平とも言えなくもないです。

そんなわけで、前巻の出来事は夢ではなく、本巻では紆余曲折の末に生徒会長となった、なってしまった瞳島眉美さんのその後と言いますか、本番の仕事っぷりが描かれたりするわけですが、明らかに分不相応だと考えている椅子に座り続けるというのは、いかにクズとて、居心地の悪いものがあるようです。このシリーズは、第一巻で夢を諦めた彼女が、美少年探偵団の活動を通じて、新たなる居場所をその目で見つける旅を描こうとしているわけですが、今のところその道中は、迷走しているとしか言いようがありませんな。とは言え、旅においては迷子になるのも、時には一興と言えるのではないでしょうか。そんなわけで美少年シリーズ第七弾、『美少年椅子』でした。

ちなみに今年夏に開催していただいた展覧会で本巻の『1　国語のせんせい（甦ヶ崎先生）』という章題までが、先行公開されていました。内容はその後変化し、該当の章内には甦ヶ崎先生の甦の字も登場していませんが（本編全体にも登場していない）、一度公開したものですのでそのまま記念に残しておきました。表紙にはキナコさんに札槻くん（と、不良くんと天才児くん）をカラーで描いていただきました。札槻くんのスピンオフを書きたくなりました。ありがとうございました。ではまた次巻で！

西尾維新

本書は書き下ろしです。

〈著者紹介〉

西尾維新（にしお・いしん）

1981年生まれ。2002年に『クビキリサイクル』で第23回メフィスト賞を受賞し、デビュー。同作に始まる「戯言シリーズ」、初のアニメ化作品となった『化物語』に始まる〈物語〉シリーズ、『掟上今日子の備忘録』に始まる「忘却探偵シリーズ」など、著書多数。

美少年椅子（びしょうねんいす）

2017年10月18日　第1刷発行　　定価はカバーに表示してあります
2025年 2 月25日　第5刷発行

著者……………………西尾維新（にしおいしん）

発行者……………………篠木和久

発行所……………………株式会社 講談社
〒112-8001 東京都文京区音羽2-12-21
編集03-5395-3510
販売03-5395-5817
業務03-5395-3615

KODANSHA

本文データ制作…………講談社デジタル製作
印刷……………………株式会社ＫＰＳプロダクツ
製本……………………株式会社国宝社
カバー印刷………………株式会社新藤慶昌堂
装丁フォーマット………ムシカゴグラフィクス
本文フォーマット………next door design

ISBN978-4-06-294095-5　N.D.C.913　198p　15cm

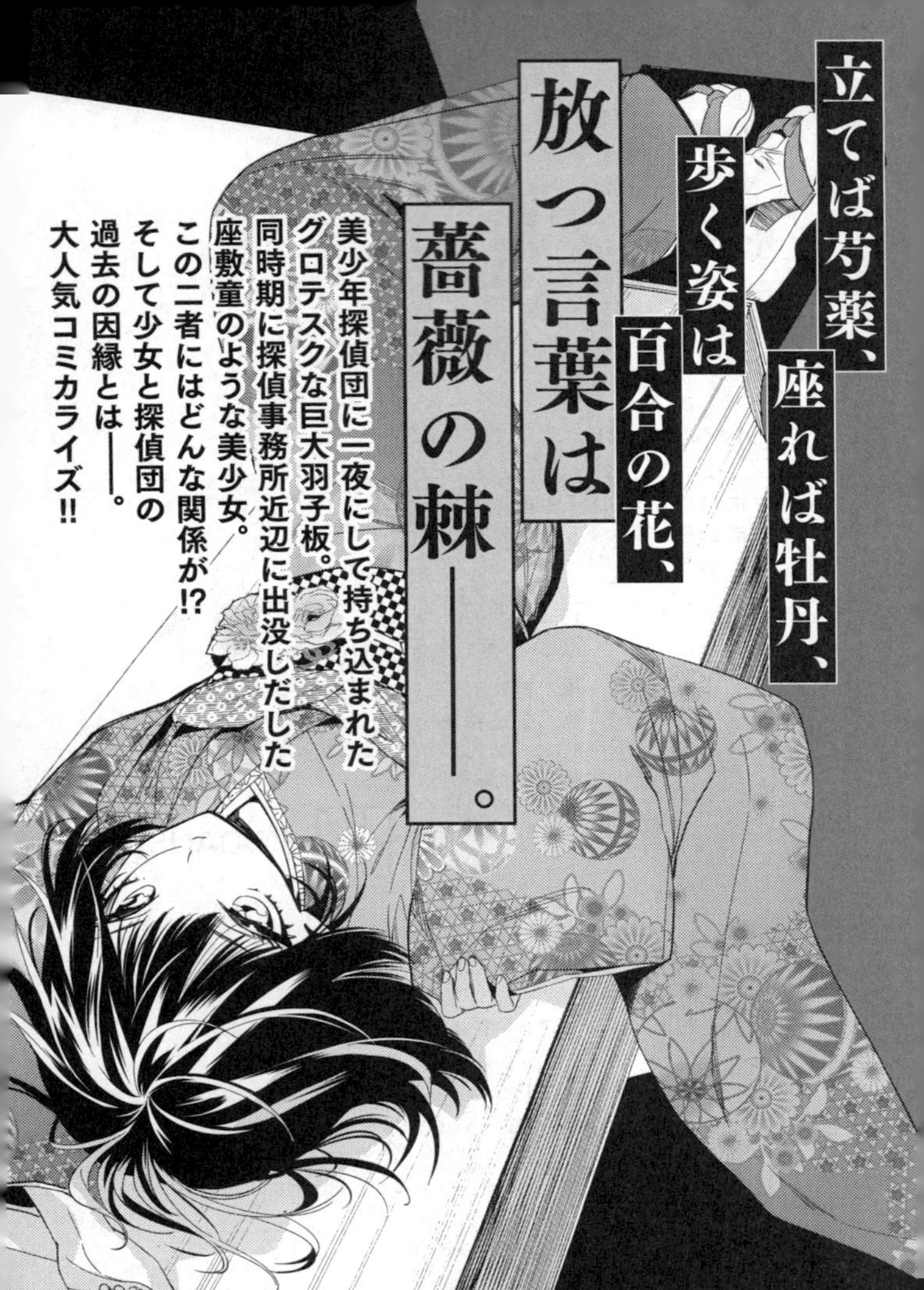
立てば芍薬、
座れば牡丹、
歩く姿は
百合の花、
放つ言葉は
薔薇の棘――。
美少年探偵団に一夜にして持ち込まれた
グロテスクな巨大羽子板。
同時期に探偵事務所近辺に出没しだした
座敷童のような美少女。
この二者にはどんな関係が!?
そして少女と探偵団の
過去の因縁とは――。
大人気コミカライズ!!

一万年に一人の最強ヒロイン。

「あたしの旅路を邪魔するな。
ぶっ殺すぞ」

名探偵にして、人類最強の請負人・哀川潤。
美女二人と連続殺人犯を追う、
ノンストップミステリー

人類最強のヴェネチア
西尾維新
NISIOISIN
Illustration/take
定価:本体1,600円(税別)　単行本　講談社

シリーズの垣根を越えて
ヒロイン達が、阿良々木暦と対面!!
西尾維新初のクロスオーバー小説集、好評発売中!
Illustration
渡辺明夫

混物語
マゼモノガタリ
これぞ夢の
コラボ!
コラボ!
コラボ!
混物語
西尾維新
奇跡のコラボ短編集!!
ヒロインズ
阿良々木暦!!
スペシャルブロマイド封入!
100パーセント
趣味で書かれた
混沌です。
KODANSHA BOX
青春は、混ぜたら危険か知りたくて。
定価:本体1850円(税別)
KODANSHA BOX

《最新刊》

魔法使いが多すぎる
名探偵俱楽部の童心

紺野天龍

人を不幸にしない名探偵を目指す大学生・志希が出会ったのは、自らを魔法使いと信じる女性だった。多重解決で話題沸騰！　シリーズ第二弾！